JN084680

源氏物語は いかに創られたか

伏流する紫式部のヒューマニズムを読み解く

柴井 博四郎

目次

『源氏物語』からの引用は、玉上琢彌著『源氏物語講釈』（昭和39年10月30日発行、角川書店）からですが、同書からの引用文に基づきつつ玉上講釈に忠実に書き直した部分もあります。なお同書では引用箇所の数字が飛んでずれている部分があるため、修正した数字を載せています。

また著者は理系分野で数十年、英語と日本語の文章を書いてきました。英語の場合「地球は太陽の周りをまわる」のような絶対的な真理の場合は現在形を、自分の実験結果は確かなものでも過去形で書きます。そのため自分の意見はどんなに真理に近くとも「…と考えられる」とつけ加える姿勢が、科学から離れた日本語の文章を書く時にも影響しているため、本書では強く断定する常体（である調）を使わず敬体（ですます調）が混在しているところがあります。

1 まえがき

　紫式部が生活の場としていた平安時代の朝廷貴族社会に対して、彼女は黙っていられないほどに何かがおかしいと感じていた。貴族社会の立身出世には血縁が大きく影響し、女性に対してやりきれない差別があった。紫式部は一人の人間としてこうした社会に対してストレスがたまって腹がふくれ、この腹にたまった巨大なマグマが『源氏物語』を書かせた。

　紫式部が根源的な批判を直接的に、誰もが分かるように書いていたら、執筆は中止されたであろう。中止するのはもちろん、自分たちの醜悪な生態が後世に伝わることを恐れた藤原道長など高級貴族である。実に巧妙なことだが、紫式部は貴族社会のこうした人間の生態を、誰もが持っている野卑な好奇心を刺激する通俗小説として書いた。そのため作者の本心が理解されずに、歓迎されて読まれることを可能にしたのである。

　それでも、主人公の源氏や息子の薫、孫の匂宮の性行動が、朝廷貴族のものとして後世にまで伝わることを考えたら、『源氏物語』の危険性を察知する知者がいても良さそうなものであった。例えいたとしても「登場人物の性行動はみっともないけれど自分のことではないから」と問題意識を持てないままだったのであろう。

　紫式部の本心が理解されずに、1000年もの間読まれてきたのは、男は「してはいけない」と知りながらやってしまうような人類の普遍的なルールに反して行動する源氏、薫、匂宮の立場に立ち、一方で女はこれらの美男子との逢瀬に自分を重ねたからであろう。物事の本質は弱者の立場に立たないと理解できないものである。

　本書では、弱者の女性がどのように描かれているか、できる限り詳細に追跡した。

同じような現象は、ネーデルラント出身の人文主義者でカトリック司祭、神学者、哲学者でもあったエラスムスが『痴愚神礼賛』を発表した時にもあった。1511年に書かれたこの書は、きわめて直接的に教会の指導者を批判しているにもかかわらず、1517年のルターの新教運動まで見過ごされていた。

　仏教ヒューマニズムの立場に立っていた紫式部と同じように、「キリスト教会は何かおかしい」と感じ、教会の自浄を期待して『痴愚神礼賛』を書いたのがエラスムスである。

　本書では、エラスムスの思想・哲学を訪ねて、彼の独特なヒューマニズムについての考察を紹介する。仏教であれ、キリスト教であれ、ヒューマニズムは人類に共通なのだ。

　もう一人、エラスムスとまったく同時代に、ポーランド出身の天文学者コペルニクスは「地動説」という聖書の根底を揺るがす学説に到達した。コペルニクスは敬虔なクリスチャンであり、教会組織に職を持ち、その仕事ぶりは誰もが認める、出しゃばらないが優秀な労働者であった。教会においても司祭や司教への昇進には無関心で、地味ではあるが大切な実務をしっかりとこなす、「地の塩」のような人であった。彼が学者であったなら「地動説」を発表し、学者として当然に受けるべき賛辞と栄光に浴していたであろう。コペルニクスは「地動説」の原稿を完成したが、その出版と評価は後世の人に委ねた。

　本書では、歴史的な常識をくつがえすような学説にたどり着きながら、一方では普通に勤勉な労働者であったコペルニクスの生い立ちも訪ねる。

2-1　紫式部の執筆動機

　権力の中心にいる朝廷貴族に喜ばれながら、一方で貴族社会が退廃して末世に向かう実態を描いた『源氏物語』。作者紫式部は、執筆動機をあからさまに示すことはできなかった。しかし、示すことができないからこそ、後世の読者にヒントとなるような痕跡が物語の中に隠されているに違いない。例えば次の場面である。

・五月雨（さみだれ）が例年よりひどく降って、晴れ間もなく、何もできないので、六条院のご婦人方は、絵物語などの遊びごとで一日一日を送っていらっしゃる（蛍234）。
・（源氏が玉鬘に）「起こりっこないことだとは思いながらも、ものものしい書きぶりにまどわされて、静かにもう一度聞く時には嫌になるけれども、その時はひょっと面白いのはここだと思うのもあるだろう。近ごろ幼い姫が女房などにときどき読ませるのを立ち聞くと、口のうまい者がこの世にいるものだ。こんな物語は嘘をつきなれた口から言いだすのだろうと思われるが、そうも限らんかな」　　　　　（蛍260）
・（玉鬘が源氏に）「お言葉のとおり、嘘をつきなれた方は、いろいろと、そのようにもおわかりでございましょう。わたしなどただただほんとうのことと思われてなりません」　　　　　　　　　（蛍268）

　梅雨の長雨ですることなく、源氏の邸、六条院の女たちは絵物語に熱中している。源氏が訪ねて来て玉鬘をからかい、「嘘をつきなれた者が書いた嘘の話だ」と物語をけなす。玉鬘は「嘘をつきなれた人にはそのように思われるでしょうが、わたしなどには物語に書かれたことは本当のことと

思われる」と反論する。

　すると源氏の口から、「正規に書かれた歴史書などほんの一部を伝えているにすぎなく、物語の中にこそ人間の機微の細かいことまでの一切があり、作者が心に納めきれないで、後々まで伝えたいと思うことが物語になるのだ」という科白が飛び出す。まさに、紫式部の執筆動機を代弁していると思われる物語論である。

　　・「ぶしつけに物語をけなしてしまったな。神代からこの世にあることを書き残したのだそうな。日本紀などはほんの一面にすぎないさ。これらの物語のほうに学問的なこと人間の一切があるのだろう」とおっしゃってお笑いになる（蛍271）。
　　・「誰それの話と言って事実通り物語ることはないけれども、よいことも悪いことも、この世に生きている人の有り様を見ても見飽きず聞いても聞き足りない話を、後々まで語り伝えたいと思ういくつかを、心一つに包みきれず、語り残し始めたのだ。良いように言うにはよいことばかりを選び出し、読者におもねろうとしては、こんどは悪いことでありそうもないほどのことを集めたもの、よいこと悪いこと、いずれも、この世のほかのことではないのだ」
　　　　　　　　　　　　　　　　　　　　　　　　　　　　　（蛍275）

　『源氏物語』は、紫式部が「この世に生きている人の有り様を見ても見飽きず、聞いても聞き足りない話を、後々まで語り伝えたいと思ういくつかを、心一つに包みきれず語り残し始めた」物語であると理解できる。紫式部には、“心一つに包みきれない”ような巨大なマグマが堆積していたのだ。そのマグマとは何か。これを理解する上で、紫の上の次なる異議申し立てが参考になる。

　「女ほど、身持ちが窮屈で、かわいそうなものはない。感ずべきこと、面白いことも、わからないふうにして、人前にも出ず引込んでいたりなどするから、何によって、生きてゆく上での栄光も、無常の世の暇な時間をも、紛らわすべきであろうか。そういうことは、一体に何もわからず、お話しにならないつまらないものとなっているのも、手しおにかけて育てて

くれた親も、残念に思うはずのものではないか。無言太子とか、つまらない小坊主どもが悲しい話にする昔の譬のように、悪いことよいことをちゃんとわかりながらくすぶっているのも、お話にならないことだ。自分ながら、立派にどうして身を持ち続けることができようか」と心配なさるのも、今はただ一つ、女一の宮のためだけなのだ（夕霧959）。

　ここでは、知りすぎるほど知りすぎて、しかし知らないふりをして知っていることの半分も言わない、あるいは言えない憤懣やるかたない女性の状況が語られる。女性が置かれている立場に対するこの根源的な不満の表明は、紫式部自身の本心であろう。「我が心ながら、どうしたら、ほどほどに身を保つことができようか」は、紫式部の実感として語られたと思われる。現在でも、女性からのこの種の発言は皆無ではない。紫式部は、人間と社会に対する透徹した観察力と洞察力を持ち合わせ、彼女の発言は時代を越えていると驚かされる。
　知っていることの半分も言えない憤懣やるかたないのは、女性としての状況だけであろうか。彼女の生活の場である朝廷貴族社会では、貴族たちが自由奔放な振る舞いをくり返し、退廃した末世が進んでいる。「悪いことよいことをちゃんと分かりながら、胸一つに納めたままで埋もれてしまうのも、お話にならないことだ」という紫の上の科白は、私どもの胸に痛切に迫る。
　玉上琢哉は『源氏物語評釈』の中で、この強い調子の発言は紫の上には似合わず、落葉の宮とその母御息所の境遇を思って作者からほとばしり出たのであろうと推測する。さらに「物語という形式を借りて、現実生活での積もり積もった心の中の言葉を解放したのである」と『源氏物語』の執筆動機を次のように推測している。

　紫の上にしてはかなり激しい心である。作者は、女一の宮（明石の姫君が生んだ今上の第一皇女で紫の上が養育している）のためを考えてであると弁解した。つまりここは、紫の上の心に託して作者が自身の心を書きすぎたため、その言いわけのつもりなのである。落葉の宮を思い、その母御息所の生活を考えていた作者は、どうしてもこういうことを記さずにはお

れぬようになったのであろう。ここを記している時の作者の心は少し高ぶっている。

　蔵の中にしまわれている女が自意識を持った時どういうことになるか。堪えるほかどういう途のあるわけでもないが、この物語の作者などはずいぶん我慢強い人であったと思う。堪えてゆくことによって生ずるエネルギーが、この物語を生むことになった、と考えても良いであろう。物語という形式を借りて、現実生活での積もり積もった心の中の言葉を解放したのである。とすれば、それはもはや近代的な意味における作家と作品の関係に等しい。
　　　　　　　　　　　　　　　　　　（玉上琢彌『源氏物語評釈』より）

　胸一つに包みきれないでほとばしるように流れでたのが『源氏物語』である。ただ一人現実を冷徹に観察している紫式部が、言うに言えない、書くに書けない状況下で、それでも書かれたのが『源氏物語』であると考えれば、読んでもすぐには核心が分からないように、推理小説仕立てになるのは自然な成り行きであろう。女性としても一人の人間としても、言うに言えない、書くに書けない実体が腹に蓄積していたからこそ、物語の半ばで、文章がない「雲隠」の巻を置いたのであろう。「雲隠」の巻には紫式部の鬱憤が詰まっているのだ。

　紫式部が「心一つに包みきれず、語り残し始めた」話、つまり「この世に生きている人の有り様を見ても見飽きず聞いても聞き足りない話」とは、彼女が宮廷勤務で見聞している貴族たちの生態なのである。

　日常生活で積もり積もった鬱憤は女性としての立場だけであろうか。自らが住む朝廷貴族社会を冷ややかに眺めている様子がうかがえる科白もいくつかある。以下の引用は、長男夕霧の教育方針に関連した源氏の意見である。

　「つまらない親に賢い子がぬきんでるという話は、いっこうに聞かないことでございますし、まして代々伝わって悪くなってゆく将来の子孫がはなはだ気がかりですので、きめましたことでございます。身分の高い家に生まれた者が、官職位階思いのままで、世の栄華におごる癖がついてしまうと、学問などで苦労したりすることは、必要ないという感じをもつよう

です。遊びごとや音楽を好み、思いのままの官職にすわり位に上ると、時勢に従う世間は、かげでばかにしながらも、うわべはへつらい機嫌をとってついてくる間は、いつかいち人まえに感じられて、堂々としているようですけれども、時勢が変わり、力と頼む人にさきだたれて、勢力が衰える晩年になると、人に軽蔑されて、たよるところがないことになるのでございます」　　　　　　　　　　　　　　　　　　　　　　　　　　　　（乙女85）

　次の玉鬘の独白は、『源氏物語』の中心的な話題からはるか遠く離れた場面で漏らされる小さな小さな科白であるが、玉鬘がつぶやくことによって、朝廷貴族全員の生態を白日の下にさらしている。

　夕霧大臣の息子の蔵人の少将は、玉鬘の娘の大君に失恋する。大臣をバックにして蔵人の少将は順調に昇進するが、玉鬘の息子たちは、父の髭黒大臣が亡くなったので、昇進も思うようにならない。蔵人の少将は、昇進の挨拶に玉鬘を訪れる。

　大君（失恋の相手）が里にいらっしゃると思って、いつもより緊張した態度で、「朝廷の人かずに入れてくださった昇進の喜びなどは、何とも存じません。私事（大君への失恋）の思い通りにならなかった悲しさだけが、年月のたつにつれて、思いの晴らしようもございませんで」と涙を押しぬぐうのもわざとらしい。27、28のほどで、とても若盛りで色つやが良く、華やかな姿をしていらっしゃる。「困ったあのお坊ちゃんの、世の中の思いのままなのにつけあがって、官位を何とも思わずに、暮らしていらっしゃること。故殿（髭黒大臣）がいらっしゃったら、（昇進も思いのままなので）この邸の人々（玉鬘の息子たち）も、こういうすさびごとに心を奪われていることでしょう」とお泣きになる（竹河863）。

　大君への失恋に傷心し、官位など何とも思わないで、すさびごとに心を奪われているお坊ちゃんを嘆く科白を、玉鬘が言うことに大きな意味がある。玉鬘は、源氏、源氏の長男夕霧、頭の中将の長男柏木、源氏と藤壺の間に生まれた不義の子冷泉帝など物語に登場する主要人物のすさびごとに苦しめられ、悩まされてきた。先の科白を述べた時でさえ、冷泉院の懸想

は続き、身代わりに長女を嫁がせている。地方で育った玉鬘は、京貴族のすさびごとにうんざりしているのである。

　玉鬘の言うすさびごとは、蔵人の中将一人にだけ向けられているのではなく、源氏を含めて、物語に登場する貴公子全員に向けられている。これを暗示するために、紫式部は源氏にも同様の科白を言わせている。秋好中宮を養女にしたにもかかわらず、懸想した挙句、源氏は次のように言う。

　「こうして都に戻り陛下のお世話を致します喜びなどは、さほど深くは感じません。このような色恋の方はいまだにおさえきれないのでございますが、並々ならず我慢してのお世話と御存じでいらっしゃいましょうか。せめて同情するとでもおっしゃっていただけなければ、どんなにつまらないことでございましょう」
（薄雲554）

　蔵人の少将が玉鬘に言ったことと内容的にはまったく同じであるが、天皇に仕えることよりも恋の方が大事としている源氏のすさびごとの方が深刻であろう。実子の冷泉帝に嫁がせた養女の秋好宮への口説きの文句でもあり、国が乱れ民が苦しむ原因となるすさびごととしても群を抜いている。

　『平家物語』や『方丈記』『奥の細道』の最初の文章は、作品全体を抽象的に代表するような名文となっており、そこに作者の思想哲学が反映される。『源氏物語』の出だしの文章を、少しでも良いから作者の考え方が漏れるようなものにしてほしかったという残念さがある。作者が聡明であればあるほど、最初の文章に物語全体の結論が込められると思うので、紫式部は意識的にそれを避けたのであろうか。閑人宮廷貴族たちを敵に回さぬよう、爪を隠しながら物語を完成し、後世まで伝わるような配慮が働いていると思われる。

2-2 「国が乱れ民が苦しむ」源氏の行動

　源氏が7歳の時、父の桐壺帝は、高麗人の人相見に源氏の将来を見立てさせた。人相見は、「帝になる相をもっているが、帝になったら、国が乱れ、民が苦しむことがあるかも知れぬ」と言った（桐壺384）。帝は、以前にも行った日本流の観相でも、すでに気がついていたことなので、源氏を親王にはせず、臣下に下がらせることを決めた。

　『源氏物語』は、この見立てに沿って物語が展開する。源氏は、政敵の右大臣とその娘の弘徽殿に追いやられて、須磨に蟄居し、読者をハラハラさせる。父帝の后であり、継母でもある藤壺と密通して生まれた若宮は、帝の子として東宮から帝にまで昇れる可能性を持つが、もしこの密通が露見すれば、親子三人もろともに地獄に落とされることもあり得る。これまた、読者はハラハラして、秘密がばれないように期待させられてしまう。

　いろいろなことは起こるが、最終的に秘密は守られ、若宮は冷泉帝になってしまう。藤壺と源氏から、それぞれ別々に若宮の安泰祈願を依頼され、内情を知っている僧侶から、自らの出生の秘密を知らされた冷泉帝は、父の源氏を准太上天皇にする。かくして、「帝になる相をもつ」という人相見の見立ては現実のものとなる。

　正妻の葵が生んだ長男夕霧は、待ちに待たされた挙句、念願の雲居の雁と結婚し、明石の君が生んだ長女は帝の后となる。源氏が新築した六条院はハーレムのように、紫の上をはじめとして関係のあった女たちが調和を保って生活している。女にもてる源氏の立身出世の物語として、読者は大いに満足する。

　一方で、紫式部は、「世が乱れ民が苦しむ」原因となる源氏の行動をし

っかりと描写している。皇室に関連した以下の性行動は、「世が乱れる」原因となる行動である。

- 帝の后であり、父の妻であり、自分の継母でもある藤壺と密通した。藤壺はこの秘密を守るために出家して尼になり、源氏の求愛を振りきった。この秘密を抱えきれずに37歳で亡くなった。
- 朱雀帝がそばに置いた朧月夜と源氏は、朱雀帝の目を盗んで宮中で密会を重ねた。源氏と朧月夜との関係は「世が乱れる」原因となり得た。朱雀帝は人からそのことを聞いて知っていたが、退位して朱雀院になってから出家するまで、朧月夜の面倒をみた。朧月夜は、源氏から逃げるように出家した。
- 桐壺帝が自分のそばに置こうとした六条御息所を恋人にして、その後の粗末な扱いを桐壺帝から注意された。
- 養女とした秋好宮を、自分の子の冷泉帝に嫁がせ、その秋好中宮に懸想した。

源氏の情欲は「民が苦しむ」とんでもない事件を起こす。

- 源氏は元服して成人になるとすぐに葵を正妻として迎えた。葵は年上でもあり、威厳のある人なので源氏がなじむことはなかった。それでも葵は長男の夕霧を産み、お産の際に嫉妬に狂った六条御息所の生霊に襲われ亡くなった。
- 夕顔は、源氏が連れ出した秘密の館で急死する。夕顔の遺体は乳母子の惟光によって秘密裏に葬られる。闇から闇に葬られた夕顔の死は、子どもの玉鬘、その父の頭の中将さえも知らされない。
- 夕顔が自ら、恋人だった頭の中将から姿を消したのは、子ども（玉鬘）が生まれたにもかかわらず、頭の中将が遊び歩き、おまけに頭の中将の正妻からおどしを受けたからであった。つまり、玉鬘は生まれながらにして父なき子であった。夕顔の乳母によって育てられた玉鬘は、成人して源氏の養女として六条院に住むようになる。源氏はそのことを頭の中将には知らせず、こともあろうに養女に懸想し、「親子

の関係の上に、夫婦の関係ができれば世にも珍しい例」と言いだす始末で、作者にもあきれられる。世間では、源氏の隠し子として理解されているので、蛍兵部卿宮、頭の中将の長男の柏木など多くの懸想文が玉鬘に寄せられる。源氏の実子である冷泉帝までが入内を促す。冷泉帝にはすでに、自分の実の姉妹である頭の中将の娘と義理の姉妹である源氏の養女の秋好中宮が后としているので、玉鬘は迷いに迷ってしまう。源氏の情欲によって、こんな迷路に迷い込んだ玉鬘に出口はあるのだろうか。

・源氏は、少女の紫の上を、父の兵部卿宮に連絡もなく二条院に連れ去る。幼児誘拐に等しい。

・紫の上は成人して源氏の妻となる。源氏の浮気に悩まされることが多い。源氏須磨蟄居の際に関係ができた明石の君は女児を産む。朝顔には恋文をたびたび書く。正妻の葵亡き後、紫の上が正妻扱いされていたと読者も思うが、何と40歳の源氏は14歳の女三宮を正妻として、紫の上も住む六条院に迎える。紫の上の悩みは深まり、出家を望むほどになる。さらに朱雀院が出家すると、源氏は朧月夜とよりを戻す。病に侵された紫の上に、源氏への嫉妬に狂った六条御息所の死霊が襲う。瀕死の状態から回復するが37歳で亡くなった。

・女三宮は14歳で40歳の源氏と結婚した。源氏は女三宮の幼さにがっかりし、紫の上への愛情を再確認することになった。その紫の上の病状が思わしくないので、二条院に転地し、源氏と主だった女房たちも同行し、六条院は閑散とした。この機会を利用して柏木が、女三宮付きの女房に手引きさせて寝室に侵入した。柏木の女三宮に宛てた手紙が源氏に発見され、源氏は二人の関係を知ってしまう。かわいい男子が生まれても、源氏は冷たく、まったくの無関心である。二人の関係を知っている素振りで嫌味を言われて、女三宮は出家する。10代半ばの女性の出家は痛々しい。柏木は、源氏ににらまれ、死の床につく。

源氏の「世が乱れ民が苦しむ」行動を列挙したが、ここで悩める境遇に追い込まれた女性は藤壺、朧月夜、六条御息所、秋好宮、夕顔、玉鬘、紫の上、女三宮である。間接的に影響を受けた男性は桐壺帝、朱雀帝、冷泉

帝、柏木である。源氏の情欲に由来する行動のほとんどが、「世を乱し民を苦しめる」性質のものであった。

　加害者としての源氏は、多くの人に迷惑をかけたという意識はほとんどない。帝の妻、父の妻、継母でもある藤壺との密通は、禁忌が重なる行為であり、生涯、心にできた闇を意識し、仏の道に入らねばならないと考えている。

　一方で、生まれた我が子が東宮から帝に昇れるように、この秘密が漏れないための祈願を僧侶に依頼しており、自分勝手な仏との付き合いである。藤壺は我が子の安泰祈願や源氏の誘惑を避けるための入道が、自分勝手な仏の利用であり、真の意味での入道ではないことに悩みながら、若くして亡くなった。

　源氏は、紫の上が死んだ時、初めて深い孤独と絶望におちいり、仏に助けを求めて入道を決めた。女三宮との結婚が、紫の上の心を傷つけたことにようやく気がついたのである。仏の道で、自分の人生をふり返り、世を乱し民を苦しませたわが身に愕然とするであろう。自殺するかもしれない、あるいは、仏の声を聞くかもしれない。これが、文章のない「雲隠」の巻の内容なのである。

　本項では、源氏に愛され、苦しんだ女性たちの立場を『源氏物語』から抽出する作業を試みた。また、源氏が代表する平安時代の朝廷貴族社会が生み出した薫と匂宮は、それぞれ退廃した知性と氾濫した性を体現しており、この二人に翻弄された浮舟が、自らのプライドを守るために投身自殺し、その後、出家して心の平和を得るまでの道を追跡する。浮舟の「死と再生」の経験は、源氏の女たちが部分的にたどった道であり、源氏が「雲隠」の巻でたどる道でもあり、さらには、平安時代の朝廷貴族社会がたどらねばならなかった道である。

2-2-1　闇から闇に葬られた夕顔

　夕顔は「おろかもの」として『源氏物語』に登場する。「帚木」の巻の「雨夜の品定め」として知られる部分で、頭の中将は「わたしはおろかものの話をしましょう」と話し出す。夕顔と呼ばれるその「おろかもの」は、頭の中将との間に女の子（玉鬘）をもうけたが、頭の中将がよそを遊び歩いているうちに、頭の中将の正妻からおどされて、玉鬘を連れて姿を消してしまう（帚木480）。

　夕顔が、方違えの間、人目につかないように一時的に住んでいた仮住まいは、源氏の乳母の家の隣であった。源氏の乳母子である惟光があれやこれやと奔走して、源氏を夕顔に通わせる算段をする。源氏は女の素性も詮索せず、自分の身元も明かさずに、ごくひそかに通っている。身分が低く見えるように衣装もみすぼらしく、顔も布で包んで女には見せないが、まもなく源氏は女の虜になってゆく。

　夕顔の住んでいる家の前を頭の中将の一行が通り、その中に中将の随身がいることを夕顔の女房が見つけた。このことを惟光から聞いて、源氏は夕顔が頭の中将の通った先の女であることを知る。頭の中将の前から姿を消したように、そのうちいなくなるのではないかと思うと、あきらめきれない思いなので、女を二条院に引き取ることまで考えた。

　夕顔の宿の周りは、家々が立て込んでいて、逢引き中に臼の音、砧の音などが聞こえてくる。そのため、源氏はある晩、秘密の館に夕顔を連れ出した。ここで初めて顔を隠していた布をとり、「ハンサムでしょう」と自信たっぷりに言う。夕顔は「黄昏時だったので見まちがいでした」とかわした。

　その晩、嫉妬に狂った六条御息所の生霊が夕顔を襲い、夕顔はあっけなく死んでしまう。秘密裏の逢引きなので、葬儀も秘密裏に済まさねばならない。惟光が亡骸を山寺に運んで荼毘に付した。夕顔は闇から闇に葬られたのであった。

　源氏は狼狽して、「命まで賭物にして、何の因果でこんな目にあったのだろう。自分自身の心からとはいえ、この道の不相応不謹慎な欲情の応報

で、こんな過去未来の例となりそうな事件が起こったのだろう。隠しても、実際あったことは隠しきれずに、いつかは主上のお耳に入るのを始めとして、世間の思惑評判、賤しい童の噂の種になるにきまっていよう。挙句の果てが愚か者との評判を買うことだろうとは」と思案する（夕顔610）。

　源氏と頭の中将のすさびごとは、このようにして、夕顔の死を招き、母を失った娘の玉鬘は、夕顔の乳母に連れられて九州に落ちてゆかねばならなかった。夕顔が闇から闇に葬られたという今なら犯罪であり、当時でもあってはならない重大な事件は、高麗人の人相見が見立てた「世が乱れ民が苦しむ」源氏の行動の例である。

　源氏が狼狽して思案した中で、「不相応不謹慎な欲情の応報で、こんな過去未来の例となりそうな事件が起こったのだろう。隠しても、実際あったことは隠しきれずに、いつかは主上のお耳に入る……」は大げさすぎる。頭の中将に捨てられた女との遊びごとが「不相応不謹慎な欲情の応報で」「実際あったことは隠しきれずに、いつかは主上のお耳に入る」とあるが、出だしは夕顔の死をきっかけに始めた思案で、途中から藤壺との秘密を恐れた内容になっているように思える。
　頭の中将は、源氏が須磨に蟄居した際に、右大臣や弘徽殿の権力をものともせずに、須磨に見舞いに来たことなどから、源氏の親友であるように理解される向きもあるが、頭の中将が夕顔と玉鬘の消息を捜していることを知っている源氏（行幸322）が、夕顔の死を頭の中将に知らせないままで済むであろうか。つまり、源氏にとって頭の中将は親友ではないのだ。この件に関する詳しい考察は拙著『紫式部考』にある。

2-2-2　仏の道で悩む藤壺

　最初に源氏が起こす事件は帝の后藤壺との密通で、世に漏れれば国が乱

れる原因となる。藤壺は源氏の継母であり、桐壺帝は時の帝であり、源氏の実の父親であるから、禁忌の程度はきわめて高い。

　この密通は、長く続いた物忌みの期間に宮中で行われたと考えられる。同じ物忌みの夜に若者たちが集まって、「雨夜の品定め」と呼ばれる女性論を戦わせた。その夜、源氏は人には見せられない手紙を持っており、話の中に参加せず居眠りをして、かの人への思いにひたすら浸っている。

　源氏と藤壺は３回逢引きをしていて、２回目と３回目の描写は書かれているが、最初の密会場面が欠けている。あってはならない恋であり、それゆえ許してはいけない恋である。最初はそのつもりであっても、帝の后が心身ともにのめりこんでいってしまうので、おそれ多くて書けない、あるいは書くのが許されなかったのではないかと考えられている。しかし、紫式部は、空蟬を替え玉として源氏と藤壺の最初の逢瀬を詳しく描写している。

　『源氏物語』のあってはならない恋、それゆえにやるせなく切ない恋は、源氏と藤壺、源氏と朧月夜、薫と中君、匂宮と浮舟の場合で、それぞれ逢瀬の場面が描写されている。しかし、それらを上回って、心身ともに詳細に書かれているのが源氏と空蟬との逢瀬である。方違えの日につまみ食いのようにして抱いた、今まで会ったこともなかった空蟬との逢瀬が、『源氏物語』のどの密会よりも切なくつらく描写されている。

　例えば、夜明けの別れのつらさが「鶏も暁を告げた」「鶏もたびたび鳴くので気ぜわしく」「ぐんぐん明るくなって」と短い間に３回も書かれている。また、空蟬の科白が身分にふさわしくない重々しさがあり、后の発言として考えた方が適切である。空蟬と源氏の逢瀬は、以下のごとく、藤壺との逢瀬として焼き直せる。この点の考察については、拙著『紫式部考』で詳しく述べた。

〈源氏と藤壺の密会１回目〉
　場所は物忌みが長く続いている宮中。源氏は藤壺の寝所に忍び込み、「何年も思い続ける胸の思いを聞いてください」と訴える。藤壺は「人違いでしょう」と言うのがやっと。源氏は「間違うはずもない。空とぼけなさるとはあんまりです」と抱きあげる。藤壺は「わたしのような身分の者

はこういう身分の者として扱っていただかねばなりません」と源氏を静め
ようとし、ただもう情の道は分からないふりをしている。源氏は、藤壺が
泣くのをかわいそうに思うが、契らなければ心残りだろうと思って契る。
契ってから、「情の道をわきまえないように、しらばくれるとはつらいこ
と」と源氏。藤壺は「情けない身分に決まる前の体で会いたかった。今は
会ったことは言わないでください」と懇願する。

　情欲に流されて契った後に二人は愕然とする。密通した后となった藤壺
と、父親の后である継母を犯した源氏。藤壺にはつらい心が、源氏にはあ
ってはならないことと知りながらもやってしまったわが身の弱さ、はか
なさ、そしてあわれが残る。「心のつらさもあわれも、世に知らぬ珍しい
例」と源氏は泣く（帚木821）。

〈源氏と藤壺の密会２回目〉

　源氏は藤壺が里に下がったチャンスを利用し、藤壺の女房の王命婦に手
引きさせて会う。日が暮れると、手引きをしてくれる王命婦を追いかけ回
し、無理な算段で会う。藤壺は最初の密会だけでも物思いの種なので、あ
れきりで止めようと固く心に決めていたのに、こうなったことを情けなく
思う。親しみもあり、と言って打ち解けるでもなく、二人は初夏の短い夜
を堪能する。朝方、王命婦が源氏の衣類を集めて持ってくる（若紫534）。

〈源氏と藤壺の密会３回目〉

　源氏と藤壺をめぐる状況は一変する。二人を庇護する桐壺院は亡くな
り、天下は敵役の右大臣と弘徽殿の思いのままで、源氏の苦難の時がく
る。二人の間に生まれた若宮は東宮になったが、その地位は危うく、もろ
い。二人のスキャンダルが露見すれば、三人とも奈落の底である。藤壺は
源氏を避けるが、源氏には状況の厳しさよりも情欲が勝る。

　源氏は、また王命婦の手引きで忍び込み、言葉巧みにかき口説くが、藤
壺は素っ気なくあしらううちに、胸が苦しくなり女房に介抱される。源氏
は塗籠に隠れて帰らず、王命婦は困り果てる。

　大騒ぎの末、藤壺が回復すると、源氏は塗籠から出て、再び藤壺の寝所
に滑り込む。藤壺は気がつき、伏してしまう。引き寄せようとした源氏か

ら、藤壺は衣服を脱ぎ捨て、逃れようとするが、髪が衣にまとわりついて源氏に摑まれてしまう。宿世のほどが思い知られてやりきれなく思う藤壺。

　果てしなく胸の思いを言い続ける源氏。藤壺はそれには返事もしない。それでも、心うたれて耳をかたむける節々も混じっている。これまでなかったことではないが、またこうなって、とても残念に思い、なつかしくはあるが、巧みに言いのがれて、今宵も明けてゆく（賢木402）。

　その後、藤壺は源氏に相談もなく出家する。源氏との密会が世間に知れれば、東宮の若宮も含めて失脚をまぬがれることができない。源氏との性関係を終わらせるための方便の出家であった。「生きてゆくのがつらくなって世を捨てはしましたが、いつになれば本当にこの世を捨てることができるのでしょう。子どものことでは迷い続けるでしょう」と心境を詠んだ（賢木807）。

　藤壺が亡くなった年は、大空にいつもと違った月や日や星の光が見えるとか、世間の人が驚くことが多かった。源氏一人、その原因が自分と藤壺の密通にあると思い当たっていた。帝の后として、中宮まで昇りつめ、我が子が帝にもなりながら、「ひそかに物足りなく思うことが誰よりも大きかった。帝の知らない源氏との秘密が解けがたい執念として来世まで残りそうだ」というのが一生の総括であり、心労と悲哀に満ちた人生であった（薄雲296）。

　その後、紫の上と藤壺のことを話して寝た夜、藤壺が源氏の夢にあらわれて、「秘密が漏れた」と恨んだ。源氏は、藤壺があの世で成仏してないことを知り、仏を専心念じるのであった。

2-2-3　源氏の浮気心に苦しんだ紫の上

紫の上の登場

　紫の上は、父が先帝の御子で藤壺と兄妹関係にある兵部卿宮で、母は早く亡くなったため、祖母の尼上に育てられている。源氏がしつこい病の療養のため、北山の行者を頼って療養に出かけた先に、祖母の尼上と少女の紫の上が滞在していた。源氏が、尼上が滞在する家を小柴垣から覗き見していると、10歳くらいの女の子が走ってくる。ほかの子どもたちとは比べものにならないほど、成長後が思いやられるほどかわいらしい。源氏は、藤壺に縁があるこの少女に運命的に深く惹かれる（若紫122）。

　源氏はこの少女を二条院に引き取ろうと祖母に申し込む。しかし、あまりにも普通のことでないので、賛成は得られない。その祖母が亡くなって、父親の兵部卿宮が引き取ることになった。いよいよ兵部卿宮が迎えに来るその日、源氏はまだ暗いうちから、車で祖母の家に乗りつけ、「父宮が迎えに来たのか」と寝ぼけている紫の上に、「お父さんのお使いで参上しました」と、怖がっている少女を抱きかかえて車に乗せた（若紫922）。

　これこそ、父親であり藤壺の兄でもある兵部卿宮に知らせず、少女を誘拐するような不届きな犯罪でさえあり、「世が乱れ民が苦しむ」ような事件ではなかろうか。

　源氏の正妻の葵が亡くなった。源氏は長い服喪を済ませ、面やつれして二条院に帰ると、すっかり美しくなった紫の上がいた。まもなくのある朝、源氏が早く起きても、紫の上が起きてこない日があった。「こんな心があろうとは夢にも思わなかった。心底から頼もしい人と思っていたのに、こんな嫌な心だったとはあきれたことだ」と紫の上（葵760）。

明石の君との関係

　須磨に蟄居した源氏はその後、明石の入道に案内されて明石に住居を移

した。そこで入道の娘、明石の君と結ばれる。源氏は「心にもない浮気を
して胸が痛む」「はかない夢を見てしまった」と京に残る紫の上に打ち明
ける（明石573）。紫の上は「やはりと思うことが多いのですが、固い約束
をしましたので、末の松山より波が高くなることはあるまいと、正直に信
じていたのでございます」と返事した（明石583）。作者は「紫の上は、思
っていたことが事実となってあらわれたので、今こそ身を投げだしたい思
いである。ただ何となく過ごしていた年月の間は、これといって何事かに
心をなやますことを知らなかったのに、こうまでひどく苦労する世の中で
あったのかと、かねて考えていた以上に何につけても悲しく思うのであっ
たが、おだやかに振る舞って、憎めない感じでお相手をしている」とつけ
加える（明石591）。

　このようにして死の病へとつながる紫の上の嫉妬は、明石の君から始ま
る。

　明石の君に女の子が生まれて、源氏はまた、紫の上に打ち明ける。「う
まくいかないものだ。できてほしいと思う所にはできないで、意外なとこ
ろにできて残念だ。その上、女だそうだから何ともつまらない。いずれお
目にかけましょう。やきもちをやかないようにね」。紫の上は顔が赤くな
って、「変ですこと。いつもこのように御注意いただきます性分が自分な
がら嫌になります。嫉妬はいつ教わったのですかしら」と恨んだ（澪標
206）。

　源氏が、明石の君の人物、和歌、琴について感心しているように話す
と、紫の上はたまらない気持ちになる。「あなたはあなた、わたしはわた
し」と顔をそむけて思い入り、「昔は理想的な二人でしたのに」と独り言
のようにそっと嘆いて、「あなたたち、思うどうしのお二人は一緒、わた
しは一人、いっそさっさと死んでしまいたい」と詠んだ。源氏は、箏の琴
を弾いてなぐさめようとし、紫の上にもすすめると、明石の君と比べられ
るかと、紫の上は手も触れない（澪標222）。

　明石の姫君の生後50日のお祝いで、源氏と明石の君に便りの往復があっ
た。源氏が返事を何度も見ながら、「あゝ」とため息をついているのを紫

の上は横目で見て、「わたしは放ったらかし」とそっと独り言を言い、沈み込んでいる（澪標292）。

　明石の君は、源氏との間に生まれた姫君を連れて京郊外の大井に上京した。近くには、源氏が出家後の勤行に励むために造った嵯峨の院がある（絵合377）。源氏は、紫の上にいろいろな口実をもうけて大井に向かい、約束の日に帰らない場合には嵯峨の院での用事も都合よく使われる。明石の君が近くにいるので、紫の上は面白くない。不満の様子であったり（松風204）、不機嫌になったりする紫の上を、源氏は「比較にもならない人と比べないで」となぐさめる。しかし、明石の君に便りを書いている源氏を横から見て、愛情を込めて書いているようで気にかかる（松風419）。

　源氏は、明石の姫君をゆくゆくは帝の后として育てる予定である。地方の娘の子として生まれ、地方の娘に育てられたのでは、京風の素養が身につかず、后としてふさわしくないので、明石の姫君を紫の上に育てさせるつもりでいる。源氏は紫の上にきわめて低姿勢にそのことをお願いすると、紫の上は「わたしは小さい人には気に入られるでしょう。どんなにかわいい年ごろでしょうか」と引き取って、抱いて大事に育てたいと思った。源氏も一安心した。（松風443）。

　嫉妬の相手の女が生んだ子を喜んで育てられるものであろうか。自分に子どもがないので、子どもを育てたいという望みがあったのであろうか。将来は后となる女の子を育てるのは誇らしいことであるのだろうか。あるいはまた、嫉妬の相手がかわいがっている子を取り上げるという意地悪の気持ちがあるのであろうか。説明はただ「抱いて大事に育てたい」とだけある。

嫉妬と不安

　朝顔に対する源氏の片思いが語られる「朝顔」の巻では、紫の上の嫉妬と不安定な立場に置かれる不安が漏らされる。作者は物語の中心線とは関連の薄い源氏と朝顔の実りのない恋を語りながら、その実、紫の上の嫉妬と不安の序曲を語っている。「帚木」の巻で源氏と空蟬の行きずりの恋を

語りながら、実は源氏と藤壺の最初の密通を語っているのと、作劇上の工夫が似ている。

　ここで語られる紫の上の嫉妬と不安が、のちに源氏の女三宮との結婚によって、深い悲しみと絶望に発展して紫の上の死を招く。それが源氏の深い悲しみと絶望の原因となり、源氏は出家を覚悟するのである。源氏は雪が積もった冬の日に、「仏が何を言うか耳が痛い」と予感し、作者によって仏の世界に放り投げられ、『源氏物語』から消えてゆくのである。

　朝顔は、桐壺帝の弟である桃園式部卿宮の娘であり、帝の名代として賀茂神社に奉仕する齋院を務めた。一方、紫の上は先帝の皇子、兵部卿宮と側室の間に生まれており、血統の上では朝顔の方が帝に近く高貴とされる。源氏の正室である葵の死後、紫の上は源氏の愛情がひときわ高いとはいえ、正室扱いされているかどうか定かではない。

　源氏から朝顔への一方通行の交際が世間に漏れて、「似つかわしいあいだがら」などとの噂話を聞くことになる。紫の上が源氏の動作を気をつけて観察していると、素振りもいつもと違い、そわそわしているので嫌な気がして、源氏が本気で思いつめていると分かる。

　紫の上も朝顔も同じ皇室の血を引いているが、血統の正当性も世間の声望も朝顔の方が高いので、朝顔が正室となったら、自分は惨めな目に遭うだろう。長い年月、ほかに並べるような人もなく、源氏に愛されてきたので、それが癖になって、今さら朝顔に負けてしまうとは、と一人胸の中で悔しく思う。幼い頃から一緒であった心やすさで、軽い扱いになるだろう。真実つらいと思うので、顔色にも見せないでいる。縁近くに出ては物思いにふけりがちで、源氏がすっかり他人になってしまった気持ちになる（朝顔147）。

　源氏が朝顔を訪ねる時は「（朝顔と同居する）女五宮のお見舞いに」と出かける。紫の上は振り向きもしない。その横顔がただならぬ様子なので、源氏が「ご機嫌斜めですね。あまりなれなれしいのも、あきられてしまうかと思ってわざわざ家を空けますが、それもどんなふうに邪推なさるやら」と言うと、紫の上は「慣れてゆくのは、ほんに悲しみの多いものです」とだけ応えて、顔をそむけて横になった（朝顔176）。

さらに源氏は、明石の君が一緒に住めるように、また、紫の上が計画している父親の50歳の賀にも間に合わせたいと、広く立派な邸「六条院」の建設を着工した（乙女996）。わずか１年で広大な六条院が完成し、西南の町には秋好宮、東南の町には紫の上、西北の町には明石の君、東北の町には花散里が住むことになった。

　頭の中将と夕顔の娘である玉鬘は行方不明だったが、九州から戻って来た時、偶然にも、以前夕顔の女房で、今は紫の上に仕えている右近に発見された。源氏は頭の中将には知らせずに玉鬘を養女とし、六条院に住まわせた。玉鬘も含めて源氏の女たちが賑やかに六条院に勢ぞろいした。

　初めて迎えた正月元日の夜、源氏は明石の君と過ごし、まだ薄明るい頃に紫の上のところへ戻った。明石の君は、暗いうちでなくとも、と思うと、送り出した後、無性に寂しい気がする一方で、帰りを待ち受ける紫の上も面白くないと思う。その胸の内を察して、源氏はご機嫌をとるのだが、紫の上は返事もしない（初音133）。絢爛豪華な六条院と女たち、初めて迎える新年の最初から不協和音がただよった。

　一方で出生の秘密を知った冷泉帝は、源氏に譲位を申し出るが、桐壺帝の遺言を盾に源氏は固辞する（薄雲477）。冷泉帝はその代わりに、源氏を准太上天皇とした（藤裏場378）。長男夕霧は念願だった雲居の雁と結婚し（藤裏場112）、明石の姫君は東宮の后となり（梅枝１、藤裏葉314）、紫の上と明石の君は姫君の入内を機に相互理解した。源氏の一族の繁栄は頂点を迎えた。源氏はすっかり安心し、今こそかねての念願（出家）を遂げたいと思うようになった（藤裏葉366）。

女三宮の登場

　繁栄の頂点からの凋落は、40歳源氏の14歳女三宮への情欲から始まった。朱雀院は出家を前にして、我が子女三宮の将来を源氏に託そうと考えた。出家直後の朱雀院を見舞った源氏との会話の中で、実に巧妙に源氏の情欲を利用し、源氏が女三宮を娶るように誘導する。

　まず、女三宮の行く先の心配なことから切り出すと、源氏は「夫婦とし

て契りを交わした者が責任ある保護者として必要でしょう」とした上で、朱雀院自身が選んで決めるのがよろしいのでは、と意見を述べ、ボールを朱雀院に戻した。朱雀院は、女三宮を守り育ててから、婿を選定してくれないかと源氏に頼んだ。嫁ぎ先として源氏を外した上で、候補として源氏の長男である夕霧の名前をあげた。女三宮を女として狙っているのに、親の役目をするつらさと苦しさは、秋好宮と玉鬘を養女とした際に思い知っている源氏は、夕霧は真面目であるが、未熟で分別が足りないので、わたしが後見役となりましょう、と申し出てしまった（若菜上494）。そして、紫の上の死にいたる悲劇が始まる。

　あくる日、源氏は嘘で本心を覆い隠して、紫の上に打ち明けた。「朱雀院から人を介して頼まれた時は何とかこうとか逃げましたが、お目にかかった折に、心の奥深くの思いをおっしゃったので、素っ気なく断れなくて。朱雀院が山深いお寺に移る頃に女三宮をここにお連れします。面白くないと思うでしょうが、どんなことがあっても、あなたは今までと変わることは決してないのですから、わたしを信じてください（若菜568）」。
　紫の上も本心を隠して表面を取り繕い、平気な顔で「女三宮がわたしを見ていられない、わたしがここにいるとはけしからんなどと咎められないなら、住まわせていただきます（若菜568）」と謙遜する。
　紫の上は心の中で、「嫉妬がましいことを言うまい。せき止めようもないことだけに、馬鹿みたいにぼんやりしているところを世間に見られたくない」、「浮気っぽい源氏とはいえ、いくらなんでもこんなことはあるまいと、わが身を思い上がって隔てなく暮らしてきた夫婦仲が物笑いになるであろう」と考え続けるけれど、表面はおっとりとしていた（若菜上596）。

　当時、新婚３日間は、夫が毎晩妻の寝殿に通わなければならなかった。源氏が女三宮に通っていた３日間で、六条院はがらりと変わってしまった。
　３日目、紫の上が源氏の衣類を念入りに焚きしめながら物思いに沈んでいる姿を見て、源氏は「どんな事情があるにせよ、どうして、紫の上のほかに妻を迎えることがあっていいものか。浮気っぽく、気弱になっていた

自分の落ち度からこのようなことが起こったのだと」と、我ながら情けない気がして涙ぐんだ。

　それでも決まり事ゆえ、行かねばならない。「今夜だけは許してくださるでしょうね」と源氏。「自分の心で決められないものを、なんでわたしがわかりましょうか」と相手にならないようにあしらう紫の上。さらに手習の紙に「自分の目の前でこんなに移り変わってゆく世の中なのに、末長くと当てにしていたのに」と書いた。それでも出かける源氏を見送るのはとても平気ではいられないだろう、と作者（若菜上768）。

　今までにない独り寝の夜が続いて、紫の上はつらくて急には寝つかれない。お付きの女房たちが変に思うだろうと、身動きもしないで、寝ているふりをしているといると、もう一番鶏の声が聞こえるのもあわれをもよおす（若菜上837）。

　一方の源氏は、紫の上が思い乱れているせいか、夢に紫の上があらわれたので、胸騒ぎがして、鶏が鳴くのを待って暗いうちから急いで帰った。雪が残る寒い朝であった。紫の上お付きの女房連中は、寝たふりをして、しばらく源氏を外で待たせてから、格子をひき上げた。「体が冷えてしまった」と紫の上が寝ている布団に手をかけると、紫の上は、涙で濡れた単衣の袖を手で隠して、源氏の言いなりになる（抱かれる）ことはなかった（若菜上861）。

　源氏は、女三宮を数日間じかに観察しただけで、紫の上の一層の素晴らしさに気がついた。「一晩の間も朝の間も恋しく気がかりで、一層の愛情が勝ってゆくのを、不吉な感じさえする」と源氏（若菜上951）。紫の上の心が源氏から離れていることを、源氏も無意識に気づいているのだろう。

　朱雀院の出家にともない、朧月夜は亡き姉の弘徽殿の邸に移った。そこで源氏の浮気心が動き出す。秘密が守れるような人に頼んで連絡をとるが、「秘密が守られたとしても、良心に聞かれたら答えようがないではないか」と朧月夜は嘆きながら、今さら考えられない、とくり返す。それでも源氏は「朱雀院に対してうしろ暗い気持ちはするが、今になって潔白ぶっても、立ってしまった浮名は取り消せない」と元気を出して朧月夜を訪ねる。朧月夜は源氏の誘惑に屈して、二人は昔に戻る（若菜上1010）。

紫の上には「末摘花の見舞いに行く」とそわそわしているのを「変だな」と思い当たることもあるが、女三宮のことがあってからは何事も昔のようではなく、他人行儀な気持ちができて気づかないふりをしている（若菜上1031）。朝帰りした源氏が、人目を忍んで部屋に入る寝乱れ姿を見ては、紫の上はそんなことだろうと、気づかないふりをしている（若菜上1130）。

出家願望と発病

紫の上が育てた明石の姫君は、東宮の后となり男子を生んだ。明石の君は宮中で明石の姫君と生まれた皇子の世話をすることになり、今や将来の帝の祖母となった。世間的には紫の上を抜いた存在であると言える（若菜上1528）。

さらに冷泉帝が譲位し、朱雀院の皇子が跡を継いだ（若菜下181）。女三宮は、父の朱雀院に加えて兄が帝という強力な背景を持つことになり、源氏は女三宮を粗末に扱うことができなくなった。その上、好色な源氏が、女として育つ女三宮（20－21歳）と35歳をこえた紫の上を相手にするのも現実である。源氏の生活の場所は、六条院の中でも紫の上の部屋と女三宮の部屋にいる時間がほぼ等しくなった（若菜下390）。

紫の上はついに仏の道に入って修行したいと、源氏に許しを乞うた。「わたしはこの程度と分かった気がする齢になりました。こんなかりそめの生活ではなくて、落ち着いてお勤めをしたいと思うので許してください」と熱心に何度も願い出た。しかし、源氏は許さない（若菜下220）。

2月に朱雀院の50歳の賀を六条院で行うことになった。女三宮は琴を担当することになり、帝や朱雀院の手前もあるので、源氏は熱心に女三宮に琴を教えた。紫の上からは暇をもらって朝から晩まで教えている（若菜下442）。当日のハイライトは弦楽四重奏で、正月19日に行った明石の君、紫の上、明石の姫君、女三宮による練習会は大成功であった（若菜下592）。

練習会の翌日、源氏と紫の上の会話から紫の上の危機的な状況と源氏の

無理解が明らかとなる。紫の上は今年女の厄年に当たる37歳になっているので、源氏は「適当な祈禱など、いつもより特別にして、今年は謹慎なさい」「何かにつけて、心配して苦しむほどのことはないと思う。女三宮の輿入れは面白くないだろうが、わたしの一層増した愛情の深さを気づかないかもしれない。物事をよくわかる人だから、いくら何でも御存じでしょう」と言う。紫の上は「つたないわたしには過ぎたこととよそ目には思われましょうが、胸に納めきれない悩みばかり付いてまわるのは、それがわたしの自らの祈りだったのです」と応じたが、まだ言いたいことが残っている様子だった。紫の上はこの時も出家を願い出るが、源氏はいつもの通り許さなかった（若菜下859）。

　源氏の言う「祈り」は僧侶に頼む形式的な祈禱だが、紫の上の言う「祈り」は自らが仏に向かい、自身の心に向かって、問いかける祈りである。紫の上は、断髪して出家するという形式は通らなくても、仏を頼りに生活しているさまが描かれる。

　その晩も源氏は女三宮の部屋で過ごし、琴は押しやって布団に入った。その明け方に紫の上が発病する（若菜下945）。できる限りの手当を施したが効き目はなく、胸が時々痛み我慢できないほどに苦しそうに見える。同じ状態で2月も過ぎた。意識がはっきりしている時は、出家できない恨みを言うが源氏は許さない。

　4月賀茂祭の季節、紫の上の看病で女房たちが転地先の二条院に移り、その上祭りの応援で残った女房たちも駆り出されていた。六条院に人けが少ないすきを利用して、柏木が女三宮の寝所に忍び込んだ。その日から、途方に暮れた女三宮は体調をくずし、病に伏した。知らせを聞いて、源氏は二条院から六条院に戻ってきた（若菜下1263）。

　そこに、紫の上お付きの女房から「紫の上の息が絶えた」という報告があった（若菜下1302）。定評のある僧侶を集め、あらん限りの加持祈禱を行うと、六条御息所の死霊があらわれ、源氏一人に話したい、と言う。「紫の上にわたしのことを、嫌な奴だと言ったことが恨めしくてたまりません（2-2-5参照）」と嘆いた（若菜下1354）。

　紫の上は息を吹き返したが、5月いっぱい苦しみ続け、6月になると

時々顔を持ち上げるほどになった（若菜下1443）。紫の上はその後、特に重態というのではないがすぐれない容態が続き、弱々しくなってゆく。何としてもやはり出家の本意を遂げたいと思うが、源氏は許さない（御法1）。

紫の上の死と源氏の出家

　紫の上は3月10日、個人的に書かせていた法花経千部の供養を二条院で行った。夜もすがら、読経の声を背景にて、太鼓、笛、舞と、身分の上下にかかわらず気持ちよさそうに打ち興じているのを見るにつけても、この世にはあとわずかと分かるので、何もかもが悲しみを誘うのであった（御法72）。

　翌日、睡眠不足で具合が悪く横になっていながら、昨夜の方々のそれぞれの才能も琴笛も、これが聞き納め見納めであったと思う。誰しも永久に住み得るこの世ではないとはいえ、自分一人消えてしまうことを思い続けるのが、言いようもなく悲しいのであった（御法85）。法会が終わってめいめいが帰ってゆくのも、何か永遠の別れの気がして名残が惜しまれる（御法97）。

　夏の季節。気を失いそうになることが、これまで以上にたびたび起こる（御法108）。待ちかねた秋になって具合も幾分は良いが、どうかすると気分がめいる（御法165）。そして、紫の上は亡くなった。自分が育て、今は帝の后で中宮にもなった明石の姫君に看取られた（御法200）。

　源氏は「もはやこの世には何の心残りもなくなってしまった。一筋に仏道を修行するのにさしさわりはないはずだが、こんなにまで静めようのない惑乱状態では、仏の道にも入れないであろう」と気がとがめている。「この悲しみの心を少しはなだめて、忘れさせてください」と阿弥陀仏を念じた（御法322）。

　源氏はこのまま出家したのでは、世間から意気地なしと言われるに違いないので、出家を1年のばした。1年間の生活記録が「幻」の巻に描かれており、その中から紫の上に関する記事を紹介する。

　源氏には、紫の上にすまないという気持ちがふつふつとわいている。長

続きしそうもなかった朧月夜や女三宮との関係で、紫の上が何度も恨めしく思っていた様子が思い出される。朧月夜との一時の戯れにしろ、真実に心がとがめた女三宮との結婚にしろ、源氏は浮気心を見せてしまったことを悔やんでいる。紫の上は、自分の心の奥を見通していながら、恨み通すことはなかった。けれども、朝顔や朧月夜との関係がどうなることかと、紫の上は心を乱していただろうと悔やまれて、胸に納めきれない気持ちがしている（幻30）。

　源氏はここで初めて紫の上の心労に気づく。女三宮を迎えて３日目の夜、源氏の夢に紫の上があらわれたことを思い出す。胸騒ぎがして暗いうちから紫の上の寝所に帰るが、女房たちは気づかないふりをして格子を上げなかった。雪が残る寒い朝、源氏は部屋の外で凍える思いをし、やっと部屋に入ると、紫の上は涙で濡れた袖を隠していた（若菜上851）。

　あの雪の降った明け方、しばらく部屋の外にたたずんで、わが身も凍るように思われた時、紫の上はたいそう優しくおっとりとしていながらも、ひどく袖を泣き濡らしていた。それを押し隠して、わたしに気づかせまいとしていた精一杯の心遣いなどが思い出され、夢にでも紫の上をもう一度見たいと一晩中思い続けた。

　折も折、明け方に、局に下りる女房が「ひどく積もった雪だこと」という声を聞いて、まったくあの日の朝のような気がした。源氏は、紫の上が亡くなって、そばにいる人がなく、言いようもなく悲しい（幻45）。

　紅梅を見ては、これを植えた紫の上を思う。「この木を植えて眺めた主人もいないこの宿に、気づかない様子で来て鳴いている鶯だ」（幻123）。

　山吹が咲き乱れているのを見ても、すぐに涙ぐんでしまう有り様である。二条院では、一重の桜は散って八重咲の桜も盛りを過ぎ、樺桜は咲いて藤は遅れて色づいているようだ。紫の上は、早く咲いたり遅く咲いたりする花の性質をよく区別して、二条院の庭に、ある限りの色の花を植えておいたので、それぞれの花が常に一面に咲き満ちている。「いよいよ出家となれば荒れはてさせてしまうであろうか。亡き人が心を込めて作った春の庭」（幻130）。

　暇つぶしで六条院に女三宮を訪ねる。才気があり、かいがいしく、情味

豊かな人柄、あの時の言葉、態度など、紫の上のことが偲ばれて涙もろい（幻158）。

　ついでに、明石の君を訪ねる。紫の上と思い比べ、紫の上の姿がまぶたに浮かぶ。悲しさばかりが増す（幻186）。夜が更けるまで、悲しさについて、明石の君に聞いてもらう。もののあわれは、特別な愛情のあるなしや、ただ夫婦ゆえの悲しさだけではないのだ。幼い時から育てあげ、一緒に歳をとって、長年つれそってきた晩年になって先だたれ、自分のことも、紫の上のことも、次々に思い出が浮かんでくる悲しさがこらえられない、と源氏はしみじみと語る（幻223）。

　破っては惜しいと思われ、少しずつ残しておいた手紙を破り捨てさせていると、紫の上からの手紙が特別に一つに包んであった。須磨に蟄居した源氏への手紙は、紫の上の悲しみの心で書かれているが、今の源氏にはこらえられない悲しさをもよおす。女々しくみっともなくなってしまいそうなので、「紫の上と同じ空の煙となるがよい」とみな焼かせてしまった（幻501）。

　そして源氏は出家して『源氏物語』から退場する。「長命を祈願するのも、仏がどうお聞きなさろうかと耳が痛い。雪がたいそう降って、すっかり積もってしまった（幻529）」と、これから源氏がたどる仏の道を暗示している。

2-2-4　養父に迫られた玉鬘

源氏の養女になるまで

　母親夕顔の死は闇に葬られ、玉鬘は孤児になる。

　源氏が夕顔と出会った時、夕顔と女房たちは方違えで、五条にある粗末な家に逗留していた。一昨年に生まれたばかりの幼い玉鬘は、西の京にある夕顔の乳母の家で育てられていた。夕顔はまもなく急死するが、母親の

死は、源氏によって闇から闇に葬られてしまった（「夕顔」の巻）。

　玉鬘が4歳の時、乳母の夫が太宰の少弐に栄転し、筑紫に赴任すること
になったため、乳母と家族は玉鬘を連れて夫に同行した。5年の任期が終
わる頃、重い病気に見舞われた乳母の夫は「玉鬘を京に連れ帰り、父の頭
の中将に知らせなさい」と息子たちに言い残した。

　その後数年して、玉鬘は輝くばかりに美しく上品でかわいらしく成長
し、多くの求婚者が殺到した。中でも、この地方で一族が多く、人望も勢
いもある武士がいて、強引に玉鬘を迎えに来ようとした。長男と娘たちは
父親の遺言に沿って、玉鬘を連れて筑紫を脱出し、京に向かった。

　無事京に着いた一行は、早く頭の中将に会えるようにと初瀬観音詣りを
した際に、もともとは夕顔の女房で、今は源氏の六条院で紫の上に仕えて
いる右近と巡り合った。右近も長年、玉鬘を捜していた（「玉鬘」の巻）。
「母親（夕顔）は若やいでおっとりして、なよなよと柔らかだったが、こ
の方は気高く、態度などもこちらが恥ずかしくなるぐらいで、奥ゆかしく
ていらっしゃる」と右近は、玉鬘を育てた乳母に感謝した（玉鬘491）。

　右近がこのことを源氏に報告すると、玉鬘に下心のある源氏は「頭の中
将には知らせる必要はない。頭の中将にはたくさんの子がいて、身分の低
い夕顔の子では、これから仲間に入るのが大変だろう。この姫を手に入れ
ようと好き者どもが苦心する材料にしよう。自分の落とし子を思いがけな
いところから捜し出した、と世間には言おう」と指示した（玉鬘583）。玉
鬘と求婚者がくり広げるドラマを観察しようと、源氏はたくらんだ。

　玉鬘としては本当の父親に早く会いたいのに、知らない人の世話にはな
りたくないが、源氏の意向に沿った右近やお付きの女房たちにいい様に言
いくるめられた（玉鬘620）。

群がる求婚者と源氏の妄想

　玉鬘の美しいことに加えて、源氏も特別に大事にしていることなどが世
間に伝わり、心を寄せる若者が多くなった。その中に、玉鬘とは腹違いの
兄弟であり、事情を知らない柏木も入っていた。源氏の弟の蛍兵部卿宮
は、長年つれそった正妻に先だたれ、独身で寂しがっているので、公然と

求婚の意志を示した（胡蝶74）。

　頭の中将の子どもたちまで、夕霧（源氏の長男）にまとわりついて、意中をほのめかした。玉鬘としては、その方の愛ではなく、本当の父親に子どもだと知ってもらいたい、と思うが口には出せないでいた（胡蝶166）。

　玉鬘への懸想文が増えてゆく。源氏は予想通りとうれしく思い、目を通しては、しかるべき方には返事を書くようにとすすめるので、玉鬘は困ったことだと警戒する。源氏は、蛍兵部卿宮の手紙を見つけて、あの歳になってこの熱心さは、と面白がり、驚きもする。嫌でも返事ぐらいはしたらとすすめるが、玉鬘は恥ずかしがるだけであった。普段は真面目でしかつめらしい右大将からの手紙は、「恋の病には孔子も倒れる」をまねしそうで、右大将らしくなくて面白い（胡蝶175）。

　柏木は、知り合いの女房を通して恋文を届けた。多くの手紙の中でひときわ目立ち、源氏は見事な書き方に感心する。後になって、女三宮の密通の相手が柏木であることを、源氏が見抜く伏線となる（胡蝶238）。

　源氏は、玉鬘の結婚相手を蛍兵部卿宮と右大将に絞り、二人の現状を「蛍兵部卿宮は独身で浮気っぽく、通っている女も多いとの噂がある。嫉妬すると嫌がられるから注意が必要です。右大将は長年連れ添った正妻がいて、年上なのを嫌がって申し込んでくるそうだが、それをよく言わない人も多い」と紹介した（胡蝶262）。

　源氏には下心がある。「養父を実の親だと思って、深い愛情を見とどけてほしい」などと言うが、下心は面映ゆくて口に出せない。意味ありげな言葉を時々言ってみるが、玉鬘が気づかない様子なので、嘆息して帰る（胡蝶285）。

　ついに源氏は、下心をむき出しにして玉鬘に迫る。「なつかしい昔の人（母夕顔）と思ってみると、別の人とはとても思えません」「嫌な奴と思わないでください」と手をにぎる。玉鬘は嫌でたまらないが、気にしないふりをする。源氏は恋の思いをささやくが、玉鬘はつらくて、どうして良いか分からず、ふるえている。「親子の愛に、夫婦の愛が加わることになるのだから他に例がない」と源氏。「ほんとに出すぎた親心ですこと」と作者。

源氏は着物を脱いで、玉鬘のそばに横たわる。玉鬘はぞっとして、女房たちも変に思うであろうとたまらなく思う。本当の親だったら、こんなひどい目には遭うまいと涙があふれ出る。源氏は突然の軽々しい振る舞いを反省して、夜が更けぬうちに戻った（胡蝶349）。

　ひとたび心の内を打ち明けた源氏は、うるさいくらいに言ってくるので、玉鬘は途方に暮れて身の置き場もなく、ノイローゼ気味になる。裏の事情を知っている人は少なく、ほとんどの人は、本当の父親だと思っているので、このようなスキャンダルが世の中に漏れたら、物笑いになり、嫌な評判が立つだろう。実の父の頭の中将が尋ねあててくれても、軽々しい女と思うかもしれない、とさまざまに思い乱れて玉鬘の心は静まらない（胡蝶437）。

　蛍兵部卿宮は「もう少しおそば近くまで許していただければ心のうちの一端を申し上げられるのに」と切々に便りを送ってくる。玉鬘が返事を出さないので、源氏は、女房の一人を使って返事を口述筆記させた。

　源氏の意図を知らずに、蛍兵部卿宮は色良い返事があったと暗闇の中を忍びやかにやってきた。几帳だけを隔てて、玉鬘に近い場所に案内された蛍兵部卿宮が、胸の内の思いをささやき続けるのを源氏は隠れて漏れ聞いている。玉鬘は奥の部屋に引きこもって寝てしまったが、女房と源氏に促されて、すべり出て几帳の後ろで横になった。

　そこで源氏は袋に隠し持った蛍を放すとともに、几帳の二重の帷の一方を上にあげたので、玉鬘はあきれて扇をかざして隠れた。横顔が何とも美しく、蛍兵部卿宮にも透かして見えるのであった。玉鬘の美貌を実際に見せつけて、好き者の蛍兵部卿宮の惚れ心を一層迷わせてしまおうとする源氏のたくらみであった。本当の自分の娘ならこんな大げさな騒ぎはしないだろうに、困った心だ、と作者（蛍１）。

　源氏は玉鬘を見世物のように扱っている。源氏が玉鬘を養女にして六条院に引き取った目的は、「この姫を手に入れようと好き者どもが苦心する材料にしよう」であった。見世物にされた玉鬘は惨めであった。

　頭の中将と源氏は親友であるという読み方があるが、親友の娘の母（夕

顔）を闇から闇に葬り、娘をひそかにかくまい、情欲の対象とし、さらに見世物にするだろうか。

　作者が、実にけしからぬと書くような自分勝手な妄想を源氏は目論む。まだ男を知らないうちに手をつけるのは面倒でかわいそうだが、玉鬘を六条院に住まわせたまま婿を通わせることにして、玉鬘が男を知ってから熱心に口説くことにしようか、というのだ（常夏210）。

　源氏が軽口をたたき、時には軽く触れることが多くなると、玉鬘は心では嫌であっても、きつく拒否もできず、そのような道は知らないというふうにやり過ごしていた。それでも、そのようなことが度重なると、お互いの間に微妙な慣れが生まれ、ほかの人から見ると、親子であったら少しおかしいと思われるような振る舞いが行われる。

　二人は親子であると思わされている源氏の長男夕霧が、覗き見た風景が描かれている。

　ある台風の翌朝、源氏は見舞いがてら玉鬘の部屋を訪れる。例のごとく厄介な冗談を源氏が言うので、わずらわしいと思った玉鬘が「昨夜の風に吹かれてどこかへ行ってしまいたかったです」と機嫌悪く言うと、「どこか落ち着く先ができましたか。わたしから離れる気持ちがついたのですね」と源氏が返した。すると玉鬘は「いつも思っている通りにあけすけに言い過ぎた」と思ってにっこりした（野分227）。玉鬘が言う「どこか」は、父頭の中将の家庭であるに違いなく、源氏の言う「落ち着く先」は、蛍兵部卿宮か右大将か柏木なのだろう。

　源氏が玉鬘の身体を引き寄せると、長い髪がゆれて着物にこぼれかかり、玉鬘はいとわしく困っている様子ながらも、それでも、素直に源氏にもたれかかっているのだった。夕霧は「いやはやひどい、どうなっているのだ。自分で育てなかった娘にはこのようになれるのか、ああ嫌だ」と自分さえも恥ずかしい（野分245）。

男たちの思惑のはざまで

　玉鬘を材料にした源氏の遊びごとはいつまでも続けられない。源氏が玉

鬘に手をつければ、親が養女を犯したとして世間で評判になり、源氏の立場はなく、玉鬘の縁組にも好ましくない影響が出る。玉鬘がちゃんとした結婚をするには、成人式に当たる裳着の式を挙げねばならず、その前に頭の中将に何らかの事情を説明しなければならない。

玉鬘が頭の中将の娘であることを知っている人は、育ててくれた夕顔の乳母を含めて何人もいるので、いつまでも源氏の隠し子で済ますわけにはいかない。隠し子というのは嘘でしたということで、玉鬘を側室としても、六条院にはすでに紫の上、明石の君、花散る里、二条院にも空蝉、末摘花がいるので、彼女らの末席にすわることになり、それではあまりに待遇が悪い。玉鬘には、きちんとした結婚をさせねばならない、というのが源氏の結論であった。とはいっても、玉鬘の進む道はますます険しさを増してゆく。

源氏は、玉鬘を典侍として宮仕えさせようと考えた。そのためにも裳着の式を急がねばならなかった。典侍は事務職なので、帝の寵愛が前提となる女御や更衣とは仕事が別であるが、帝の目に留まってしまうことがないわけではない。

そのような時に、帝の大原野までの行幸があった。左右の大臣、内大臣、納言以下の人々は残らずお供した。通る道には物見車がぎっしりと詰まり、六条院からも見物の牛車が出た。以下はお供の男たちに対する玉鬘の感想である。

端正でわき目もふらない帝の横顔が最高で、比べる方はいません。自分の父頭の中将は見た目には奇麗奇麗で男盛りですが、誰よりも立派な臣下という程度です。長男の柏木、次男の弁少将などは、容貌が美しいと若い女房たちから慕われていますがものの数でもなく、目につかないのは、帝が素晴らしすぎるからです。源氏の容貌は帝とそっくりですが、少し威厳があって立派で、これほどの人はきわめてまれなようです。蛍兵部卿もいました。右大将は、色が黒くひげが多い感じで好感が持てませんでした（行幸29）。

今まで源氏が宮仕えはどうかとすすめることもあったが、帝から寵愛を受けて見苦しいこともあろうかと、躊躇していた。しかし、その方面を離れて、事務職として普通に仕えるのであればそれも良いかな、という気持

ちになった（行幸53）。

　源氏は玉鬘の裳着の式に向かって動き出す。
　先ずは頭の中将に玉鬘を養女にした経緯を説明し、裳着の式において腰
紐を結ぶ役を依頼しなければならない。源氏は、頭の中将の母親である大
宮を介して説明することにした。大宮は源氏の亡き妻葵の母親であり、葵
が生んだ源氏の長男夕霧と頭の中将の娘の雲居の雁を育てた人である。雲
居の雁の母親は頭の中将と別れて娘を残して出て行った。
　「頭の中将が世話するはずの人を思い違いがあって引き取っている。当
時は間違いであることを打ち明けてくれず、わたしも、強いて事情を詳し
く調べないで、子宝に恵まれない寂しさに、たとい本当の子でなくてもと
いう気になり、養育しましたが、ほとんど親しまないうちに年月が過ぎて
しまいました。どうして聞かれたのか、お上から内侍として宮仕えするよ
うにとのことでした。宮仕えさせるつもりで、年齢などを当人に尋ねます
と、頭の中将が捜している人であることが分かったのです」（行幸186）。
　頭の中将は、何だか変なところがあって納得いかないようだが、娘に早
く会いたいと思う一方で、さっそく自分の方に渡してもらって親ぶった顔
をするのも変だと思っている。また、源氏がどんなつもりでその娘を捜し
出して引き取ったのかを考えると、色恋がからんでいるであろうから、あ
っさりと渡してはくれないと思えた。色恋がからんでいれば、親と養女の
関係ではさすがに世間の口がうるさく、実の子ではないと明かさねばなら
なくなったのだろう。とすると、源氏は娘婿の立場になるから、源氏と縁
を結ばせてもそれも良かろう。でも宮仕えさせるとすると、帝が玉鬘に興
味を持つこともあるし、后として帝に仕える娘の気持ちはどうであろう
か、などなどいろいろに考えるのだった（行幸359）。
　裳着の式の当日、頭の中将が「娘を養女として育てていただいたご親切
は、世に例のないようなことと、お礼を致しますが、今まで隠してこられ
た恨みも申し添えずにはおられません」と不満を述べると、「よるべがな
いままにこんな渚に打ち寄せて、海人でさえ採ろうとしない藻屑（玉鬘の
こと）のようなものと思っておりました」と源氏は返した。頭の中将は
「ごもっともです」とそれ以上何も言わずに退席した（行幸472）。

結婚の相手がいないので、当面は典侍として宮仕えすることになった玉鬘は、相談する女親もなく、あれこれと考えがまとまらず、一人嘆き悩んでいる。親と思っている源氏から懸想され、親の心さえ安心できない。帝の后には源氏の養女で義理の姉の秋好中宮と、頭の中将の娘で腹違いの姉の弘徽殿女御がおり、典侍として出仕して、もし帝から懸想されたら、姉妹でもある二人の后が不快な思いをし、自分も途方に暮れるだろう。自分の頼りない境遇は、世間から軽く見られているうえに、源氏との関係を邪推して物笑いの種にしようと狙っている人も多い。

　出仕せずに六条院に残っても、裳着の式からこのかたますます露骨になった源氏はわずらわしいし、世間の人が邪推しているような関係を潔白で通すこともできそうにない。その上、実父の頭の中将も堂々と引き取って自分の娘として扱ってくれそうもない。男に思いをかけられて思い悩み、とやかく言われる運命なのだ、と人知れず悩んでいる（藤袴1）。

　夕霧は玉鬘が源氏の落とし子ではなく、頭の中将の娘であることを知って、覗き見した源氏と玉鬘の馴れ馴れしい接近に納得がいった。あの時の玉鬘の美しさが忘れられず、帝が玉鬘に目をかけていることにもあせって、今までの兄弟としての近寄りやすさを利用して、玉鬘に言い寄ることができた。見事な蘭の花を渡そうとして、玉鬘の袖を引っ張るところまで進んだが、玉鬘はうとましく嫌になって、そ知らぬふりをして奥の部屋にひきさがることができた（藤袴81）。

　玉鬘に対して下心があって、世間には落とし子として玉鬘を養女にしたが、親子の関係の上に夫婦の関係が加わると、スキャンダルになってしまう。それでは、適当な婿を探して結婚させるかというと、源氏の下心が収まるはずがない。今や頭の中将の娘ということになり、側室にすることも可能であるが、今現在すでにいる何人かの側室以上の待遇はできない。また、玉鬘と婚姻関係を結ぶということは、源氏は頭の中将の婿ということになる。源氏は頭の中将から婿扱いされたくない。

　源氏は何を考えているのだろうか。源氏の情欲が招いているこの秩序な

き混乱の落ち着く先はどこなのか。頭の中将は、源氏の混乱を「六条院には何人もの側室が長い間いるので、その中の一人にはできないので、一般職の典侍ということにして、捨てる気半分で朝廷に押しつけ、表面は一通りの宮仕えという体にして、その実、手もとに取り籠めておこうと考えている。実にお利口なやり方だ」と推測した。それを聞いて源氏は「宮仕えということではっきりさせずにごまかしてある下心を、よくも思いついたものだ」と気味わるく思った（藤袴164）。

　つまり源氏は、玉鬘をいつまでも六条院に住まわせて、帝が玉鬘に手をつけても、そのうちいつかは玉鬘を自由にしようと考えているのである。同じ帝（冷泉帝）に仕える秋好中宮が六条院に里帰りの際、懸想した前例もある（薄雲549）。

　では玉鬘は数いる求婚者について、どのように考えていたのであろうか。いちばん好ましい男は冷泉帝と源氏である。冷泉帝と男女の関係になることは、二人の后、自分と腹違いの姉妹（弘徽殿）と自分と同じ源氏の養女である秋好中宮に迷惑をかけることになるので、自分の倫理観が許さなかった。源氏との場合は養父と養女の関係であり、これも玉鬘の倫理観は厳しく拒否した。

　このように、地方で苦労した玉鬘とのちに登場する浮舟は、『源氏物語』の中で例外的に京風な価値観とは違って、健全な考え方ができる人として描かれている。

　好感が持てないとはっきりしているのは右大将で、「右大将は、色が黒くひげが多い感じで好感が持てませんでした（行幸29）」という印象を与えた。玉鬘自身は、求婚者たちの恋文を読もうともしないが、返事をもらったのは蛍兵部卿宮だけである（藤袴306）。また、蛍の光によって玉鬘を実際に見ることができたのも蛍兵部卿宮なので（蛍1）、読者は結婚相手が蛍兵部卿宮ではないかと予測する。

　源氏が玉鬘を材料にしてつくり出した不安定な男女の人間関係は、「世が乱れ民が苦しむ」ことの一例である。

　源氏が玉鬘に持つ下心によって玉鬘を落とし子として養女にしたが、下心を満たすためには玉鬘を側室にしなければならない。落とし子を側室に

するのは近親相姦として世間には認められないので、ついに玉鬘は頭の中将の娘であることを明かさねばならなくなった。

玉鬘を頭の中将に返すのがきわめて普通の成り行きであるが、玉鬘を側室扱いにもせず養女として六条院にかかえているのは、下心を満たすための策である。事務職の典侍として宮仕えさせるが、実子の帝が玉鬘に下心を持っていることを見据えたうえで、いずれは帝の側室となった玉鬘を、里帰り先の六条院で自由にしようという算段である。六条院にはすでに何人もの側室がいるので、あらたに玉鬘を側室にしたくないという源氏の希望も満たされるのである。もし事態が源氏の思うように進めば、玉鬘は、源氏と冷泉帝の二人と同時に性的関係を持つことになり、健全な倫理観を持つ玉葛には耐えられるものではない。

ところで、頭の中将の娘である弘徽殿は帝の后であるが、中宮になったのは源氏の養女の秋好宮であった。もう一人の娘雲居の雁は、源氏の長男夕霧と恋仲状況が続いていて、頭の中将の反対で当面は結婚できないでいる。しかし夕霧は、頭の中将がいずれは折れてくるものと辛抱強く待っている。つまり、二人の娘について、頭の中将は源氏にしてやられているのである。

そこで頭の中将は、自分の落とし子で地方で埋もれている娘を捜しまわって近江の君を見つけ出した。この近江の君の物語が、玉鬘の物語と並行し、ドタバタ喜劇として語られる。

頭の中将は、この娘を磨いて朝廷で活躍させ、いずれは帝の目に留まらせたいと目論んでいたのだが、近江の君は健全な田舎者丸出しが抜けきらず、到底宮仕えとしては使い物にならないことが明らかになってくる。頭の中将は失望し、近江の君に意地悪く、また辛く当たって読者の顰蹙(ひんしゅく)を買う始末である。もし近江の君が玉鬘であったなら、という背景がある。

その後の玉鬘

この混乱状況を突破したのは、父頭の中将の意向を錦の旗印として、無理矢理に突き進んだ右大将(以後髭黒と呼ぶ)であった。

髭黒は部下の柏木を通して、玉鬘に対する自分の希望を頭の中将に伝え、父親としての意見を聞くことができた。父親の意向は「髭黒は、源氏と頭の中将の次に帝の信頼がある人で、婿として結構だと思っている」であった。

　一方で、玉鬘の女房である弁のおもとにも深く連絡をとっており、玉鬘が宮仕えに気が進まないことも理解していた。そこで髭黒は「実の父親の気持ちに沿っているのだから」と、弁のおもとに玉鬘の寝室に手引きするよう催促するのであった（藤袴257）。

　髭黒が玉鬘の寝室に忍び込んだ時の様子は、物語がかなり進んで、源氏の正妻となった女三宮が柏木と密通して源氏が被害者になった時、源氏が玉鬘の賢さを述懐する場面で明らかにされる。

　忍び込まれた玉鬘は髭黒に契らせなかった。これは『源氏物語』の中では例外で、当時の世間常識でも異例であるらしく、玉鬘が女房に手引きされて忍び込まれたということは、そこで男女関係が成立し、二人は夫婦となった、と世間的には理解された。源氏は「髭黒が無分別な女房と心を合わせて入ってきたその時にも、はっきりと何もなかったと誰にも分からせて、改めて許されたというふうにして、自分のしむけ方で、不義の罪を犯したのではないことを示した」と述懐する。

　この事件に関連した登場人物のその後の様子や感想を次に紹介する。

　玉鬘は、少しも打ち解ける様子もなく思いのほか不運なわが身だった、と思いつめている（真木柱1）。いつもは陽気な性分なのだが、ひどくふさぎ込んでいて、自分から進んでのことではないと、誰にもはっきりしているものの、源氏はどう思っているか、蛍兵部卿の志が深く優しかったことなどを考えると、ただ恥ずかしく悔しく感じて、絶えず不満そうな顔つきをしている（真木柱58）。

　髭黒はしみじみうれしく思い、見れば見るほど見事な非の打ちどころのない器量を他人のものにしてしまうところだったと、想像するだけで胸がつぶれる。石山の観世音と弁のおもとを並べて拝みたい。

　源氏は「帝には知らせるな。しばらくは誰にも知らせるな」と髭黒に注意する。不満で残念ではあるが、どうにもならないことであり、誰もが承

知したことだから、今になって不承知の態度を見せても髭黒が気の毒だし野暮でもあると考えて、婚礼の儀式を立派にさせた。髭黒が玉鬘を早く自邸に連れたいと思っているが、そこには不満な正妻がいるから急がないでゆっくりするようにと指示している。

　手引きをした弁のおもとは、玉鬘の機嫌をこわして出仕もできずに引きこもっている。

　実の父親の頭中将は、内侍として宮仕えするよりも髭黒との結婚の方が良いと喜んでいる（真木柱１）。

　精神障害をかかえた髭黒の正妻は、女の子一人とその下の男の子二人を連れて実家に帰った。女の子は和歌を書いた紙を柱のすき間に残し、その後真木柱と呼ばれる（真木柱381）。

　玉鬘と髭黒はその後、男子三人その下に女子二人の子どもに恵まれた。しかし髭黒は、子どもたちの成長を待たずに亡くなった。男の子たちは元服してそれぞれに社会で独り立ちしている。もし髭黒が生きていたら、朝廷貴族社会で大きな政治権力を持っていたので有利な昇進を得られたであろうが、それでもそれぞれに独り立ちしていった。

　「竹河」の巻では、玉鬘の長女（大君）と次女（中君）の結婚にいたる経緯が語られる。この物語は、長女と次女の話というよりも、玉鬘のその後の物語として読む方が奥行きが深い。従って、玉鬘の当時の心境をもう一度整理してみよう。

　玉鬘の望ましき男性は、冷泉帝と源氏であった。玉鬘はこの二人が親子であるとは知らない。すでに自分に興味を示している冷泉帝には、后として腹違いの姉妹である弘徽殿と自分と同じ源氏の養女である秋好宮がいて、宮仕えして帝の寵愛を受けることになると、二人に大きな迷惑をかけることになるのが、玉鬘の倫理観として許さなかった。露骨なちょっかいを日ごろに受けている源氏と男女の一線を越えると、親子の関係に夫婦の関係が加わり、世間の好奇心と軽蔑の的になってしまう。

　源氏と冷泉帝は、瓜二つのようによく似ている。このことは物語の中でくり返し示されている。源氏と不倫した藤壺にとっては世間に気づかれな

いかとおそろしく、源氏がもう一度生まれ、更衣腹ではなく后腹なので今度こそ東宮にできると、桐壺帝にとってはうれしいのであった。

　玉鬘の結婚相手として、どちらかということになると、若い玉鬘には若い冷泉帝がふさわしかったであろう。髭黒は玉鬘の好みではなかったので、消去法によって蛍兵部卿宮が残った。その状況まで進んだ時に髭黒が玉鬘の寝室に忍び込んだ。そして、玉鬘は心ならずも髭黒と結婚した。

　それから20年近くが過ぎ、48歳の玉鬘に17、8歳の大君と中君が育ち、45歳の冷泉院のもとには53歳の秋好宮と45歳の弘徽殿女御が生活している。今上帝の后には、東宮を生んだ明石の姫君が羽振りを利かし、東宮の后には今や政界第一の実力者となった夕霧の長女がすわっている。

　美しい大君には、夕霧の子息、蔵人の少将が夢中になっているが、玉鬘も大君も興味がない。そんなに熱心なら大君ではなく中君ではどうですかと玉鬘は考えているが、蔵人の少将は興味を示さない。世間では源氏の子として通っている女三宮が生んだ不義の子、薫も、大君に魅かれる度合いを強めている。

　一方で、髭黒が生前に大君を宮仕えさせると今上帝に約束したので、今上帝からも催促される。玉鬘の考えでは、帝や東宮に女御として宮仕えするには経済的にも政治的にもしっかりした後見役が必要で、髭黒がいなければ、娘たちの宮仕えは苦労が大きいので避けねばならない、ということだった。

　冷泉院が今もって玉鬘に未練を残しており、自分を父親の代わりと思って大君が来てくれないかとの提案があった。娘たちの嫁ぎ先は皇族に限るという髭黒の遺言もあって、自分の代わりとして大君を冷泉帝に嫁がせることにした。自分の時もそうであったが、后としてすでに秋好宮と弘徽殿女御がいるが、弘徽殿女御から一緒に院の世話をしようとの言葉があって、安心した。

　冷泉院は若い大君に大満足して、二人の年とった后はまったく相手にされなくなった。女の子に次いで、男子まで生まれて冷泉院の喜びは大きかった。そうなると、もとからいた二人の后の機嫌が険悪となり、冷泉院を

とり巻くほとんどの女房までが大君につらく当たるようになり、大君は実家で生活する日が多くなった。

　玉鬘は、冷泉院が帝の時代に典侍としての宮仕えを避けたのに、何ゆえに同じことを大君にさせたのであろうか。強力な後見人がいた二人の后も老けて、今や、冷泉帝を独り占めできるという昔の夢を、大君によって果たしたかったのであろうか。

　もう一方の中君は、玉鬘が長年保持していた典侍の職を受け継ぎ、宮仕えを始めた。東宮に仕え、そこそこ楽しく毎日を過ごしている。幸せいっぱいに見えた大君は不遇で、大君の代役で蔵人の少将に嫁がせたいと考えた中君は幸せそうだ。思った通りにはうまくいかないものだ、と玉鬘は嘆く。

　大君にふられた蔵人の少将が昇進の挨拶に来た。父親が夕霧大臣の蔵人の少将は昇進も思い通りだが、髭黒亡き後、玉鬘の息子たちは恵まれない。少将は大君にふられたことに比べれば、昇進なんかうれしくない、と挨拶した。「思いのままにつけあがって、仕事よりもすさびごとに熱心な困った坊ちゃんだ、髭黒がいたら、わたしの息子たちも同じだろうに」と泣いて、玉鬘は『源氏物語』から消える。

2-2-5　嫉妬に狂う六条御息所

源氏の悪癖と御息所

　源氏が帝になると世が乱れ民が苦しむことがあるかもしれぬ、という人相見の見立てによって、桐壺帝は源氏が帝になる道を閉ざし、帝を補佐する将来の役割を設定した。

　並外れた能力があり、女が断り切れないような魅力にあふれた源氏は、物語を通して帝の女に手を出す性癖がくり返される。帝になれない自分の運命に復讐するかのように見えるほどである。父桐壺帝の后藤壺と密通し、未亡人になった六条御息所を娘ともども世話をしようと桐壺帝が申し

込むと六条御息所を我がものにし、六条御息所の娘が朱雀院に所望されると娘を養女にして冷泉帝に嫁がせる。また、朱雀帝の后候補である朧月夜を恋人にしてしまう。さらには、実子である冷泉帝が養女の御息所の娘を后にすると里帰りの際に懸想するのである。

　この源氏の性癖には反作用がつきまとう。藤壺との密通により、源氏は生涯にわたって心に闇を抱え、仏から逃れることができない。出家しなければならないと分かっていても、何かの理由を見つけては仏から逃げている。そんな源氏を紫の上の死によって、作者は仏の道に誘導する。
　源氏は御息所を我がものにすると、まもなく熱が冷める。反対に御息所の方は、こんなことはあってはならないと思っていても、源氏の魅力に負けて源氏から離れることができない。男が逃げ腰になると、女の嫉妬は増す一方。源氏が愛する女、自分を辱めた源氏の女に対する御息所の異常な嫉妬は、源氏の心に深く沈殿する。源氏の心象風景には、御息所の生霊と死霊があらわれる。

　作者は少しずつしか御息所の全貌を書いてくれないため、『源氏物語』に登場する順序に沿って御息所を紹介する。

　源氏はすでに藤壺との密会を果たしたが、思い通りに簡単に会える相手ではない。正妻の葵は源氏との相性が悪く、ほんのたまにしか足が向かない。空蝉と印象的な一晩を過ごしたが、その後、寝室に忍び込めたと思いきや、空蝉は薄衣を残して逃げて、残っていた軒端の萩をつまみ食いした。その軒端の萩はなびくに決まっているので、心が動かない。そこで源氏は、御息所を訪ねて一晩を共にした。御息所の初めての登場はこのような状況であり、六条に住んでいることが明かされる。
　源氏は、御息所が手に入らなかった頃は一途な恋心だったが、思い通りになってからは熱心ではなくなって「相手はかわいそうだ」と思っている。御息所はひどすぎるほど考え込む性質で、歳が違いすぎるので世間に知られたくない。源氏がほんの時たまに来る夜、目が覚めると普段より一そう煩悶することが多い。というわけで、霧が濃い朝、源氏は御息所にひ

どく催促されて、眠そうな様子で嘆息しながら帰ってゆく（夕顔202）。

　夕顔は、頭の中将との間に女の子（玉鬘）をもうけながらも、頭の中将が遊び歩いている間に、正妻から嫌がらせと脅迫を受け、姿を消した。夕顔が方違えで一時的に滞在した家が、源氏の乳母の家の隣であった。源氏が乳母訪問の折に、夕顔と接触する機会があり、物語が始まった。

　御息所の場合とは反対に、源氏は会えば会うほど夕顔にのめりこんでいく。逢引きの場である夕顔の滞在先は、隣近所の生活のざわめきが聞こえる場所なので、源氏は静かな秘密の邸に夕顔を連れ出した。夜中を過ぎて、源氏の夢に、御息所と思しききれいな女があらわれた。「こんな取柄もない女を連れ込んでちやほやするなんてあきれてたまりません」と夕顔を手で起こそうとした（夕顔504）。前後の状況から、この女は六条御息所と推測されてきた。夕顔はこの宿で亡くなり、源氏はこの事件を闇から闇に葬ってしまう。

　秋の終わり頃、六条京極辺に住む秘密の愛人（御息所と思われる）のところに、やっとのことで行く気になった。しかし、時雨が降ってきて、六条京極辺に行くまでにまだ少し距離がある辺りに手入れがされずに木立がとても古びて小暗く見える家があった。「やっとのことで行く気になった」「時雨が降ってきた」「少し距離がある」と、これだけの文章だが、恋人に会いに行く華やぎが感じられずに、源氏と御息所の関係の薄さが表現されている。このくだりの木立に覆われた小暗い家は、少女紫の上の面倒を見るおばあさんの家だったので、話は病床にあるおばあさんの見舞いにそれてゆく（若紫614）。

　夕顔の急死以来、源氏の体調は長い間崩れ、しつこい瘧<ruby>瘧<rt>おこり</rt></ruby>にかかり、まじないや加持をしても効き目がない。二条院に連れて来ようとまで考えた夕顔の死を闇から闇に葬ってしまったので、夕顔の死を悼むだけでなく、社会に対する犯罪を犯した自責の念が病の原因であろう。

　源氏は療養のため北山の行者の庵室に出かけてゆく。そこで、はつらつとして生命力みなぎり、藤壺に似た少女に遭遇し、源氏の健康は一気に回復する。のちに紫の上と呼ばれるこの少女は、藤壺の兄である兵部卿宮を父としていた。源氏は10歳のこの少女を父親にも知らせず秘密裏に二条院

に連れ去った。読者は、この少女が源氏の正妻であると、女三宮の降嫁まで思いこまされてしまう。

紫の上となるその少女を手に入れてからは、彼女をかわいがることに夢中になって、源氏の足は御息所からますます足が遠ざかっていく（末摘花396）。

桐壺帝の退位が「葵」の巻の冒頭で紹介されるのに続いて、作者がふと思い出したように「そうそう、そういえばかの六条の御息所」とふれて、御息所の話が展開される。

御息所は前の東宮の后であること、二人の間に姫君が生まれたこと、その姫君が帝の交代にともなって伊勢神宮の斎宮になったこと、源氏の心がまったく当てにならないので、幼い斎宮と一緒に伊勢に下ろうかと考えていることが明かされる。この事情を知って桐壺院は、源氏が御息所を並々の女のように軽く扱っていることを叱る（葵15）。御息所は、夫の東宮が亡くならなければ帝の后にもなるはずだった。生まれも育ちも高貴な重要な人物であることを、読者は知る。

帝の交代とともに、賀茂神社の斎院も代わった。賀茂祭と並行して行われた斎院交代の儀式の行列に源氏も御供となったので、源氏の人気も加わり、見物にも多くの人々がくり出した。源氏の妻の葵一行の物見車と六条御息所の物見車が出くわし、六条御息所の物見車が力まかせに押しのけられる事態となった。六条御息所はプライドを傷つけられ、嘆き悔しむ（葵79）。

源氏は、六条御息所の伊勢下向を止めるでもなく、「わたしを見るのも嫌とお見捨てなさるのももっともですが、今となってはやはりつまらぬわたしでもお見限らないでいてくださるのが、浅からぬ愛情というものでしょう」とからんだような言い方をする。その上、賀茂祭での荒々しい侮辱を受けた件のため、御息所は一層何事も恨めしく思っていた（葵215）。

源氏の正妻、葵は、多くの物の怪や生霊にとりつかれて発病する。病気回復の祈禱にもかかわらず、とりついて離れないものが一つある（葵

230）。その頃、六条御息所の中でそれほどでもなかった葵に対する競争心が、物見車の事件をきっかけにして深まり恨みに変わった。源氏はそれに気がつかなかった（葵255）。

六条御息所は煩悶のため気分がすぐれず、療養のため六条の邸から一時的に住まいを変える。それを聞いて源氏は見舞うが、互いに打ち解けずに夜を明かす。葵が男子を産んだうえ重病と聞き、源氏の心が葵に大きく傾いていることを知った御息所の悩みは、一層深まる（葵263）。そしてついに、御息所の精神が異常をきたす。賀茂祭の時の物見車の事件以来、恨めしいと思う心が静まらず、まどろんだ夢の中で、葵と思われる人を引っ張りまわし、たたきつけている自分が見えるのであった（葵299）。

ありったけの祈禱の中で、葵が産気づいた時、しつこい物の怪が祈り伏せられて「祈禱を少しゆるめてください。源氏に言いたいことがある」とつらそうに泣いた。源氏が産室に入ると「ものを思う人の魂は本当に身から離れるものです。空に迷っているわたしの魂を結びとどめてください」という声の様子は、葵ではなく六条御息所のものだった（葵334）。

葵が死んで、六条御息所から弔問の手紙があった。源氏は白々しい気になって、生霊の件を知っていることをほのめかす返事をした。六条御息所はやはりそうだったかと、つらくわが身の不運を嘆く。そして、夫だった前の東宮と桐壺院が仲の良い同腹の兄弟であったので、亡くなった東宮の代わりに娘の世話をするから宮中に住みなさいと桐壺帝から誘われたけれど、桐壺帝から愛情を受けるようなことは絶対にしてはならないと誘いを断ったのに、源氏と関係ができて浮名を流してしまいそうな自分に煩悶する御息所であった（葵479）。桐壺帝の誘いを断ったのに、源氏の誘惑に負けた御息所の過去が読者に知らされる。

作者は、六条御息所の説明を小出しに出してきた。生霊の件と桐壺帝からの誘いの件が、もっとも大きな情報ではなかろうか。

御息所と娘秋好宮のその後

源氏の本妻の葵が亡くなって、世間では六条御息所が後添えになるので

はないかと言われることもあった。しかし、その後まったく源氏から音沙汰がないので、御息所は「本当にわたしを嫌だと思うことがあったに違いない」とすっかり分かって、伊勢出発を覚悟した（賢木1）。

　いよいよ六条御息所母娘の伊勢神宮への出発が近づいてくると、源氏は自分がつれない者と思われたきりにならないように、また世間から冷たい男と思われないように、気をとり直して六条御息所母娘が最後の準備をしている晩秋の嵯峨野の宮を訪れた。

　これまでのこと、これから先のこと、昔のこともよみがえり、さまざまな思いが胸にこみあげて、源氏は泣いた。六条御息所は出て会うのは気恥ずかしく気も重いが、すげなくする勇気もなく、源氏と一晩を過ごした。恋の道ではうまいことを言う源氏に、決心も崩れそうな六条御息所であった（賢木18）。

　六条御息所母娘が、伊勢神宮へ出発を報告すべく御所へ参上し、朱雀帝に挨拶した。御息所にとっては久しぶりの御所であった。御息所は16歳で故東宮と結婚、20歳で死に別れ、今30歳で再び御所に入った。娘の秋好宮は14歳でかわいく美しく、朱雀帝は胸が詰まって、心を動かされた（賢木163）。

　この頃、源氏は朧月夜との密会現場を右大臣に見つかり、自ら須磨に蟄居した。蟄居先から藤壺、朧月夜、紫の上、そして六条御息所と手紙の往復があった（須磨535）。

　朱雀帝が退位して、源氏と藤壺の子である冷泉帝が即位した（澪標44）。帝交代により、伊勢神宮の斎宮も代わり、六条御息所母娘は京に戻った。まもなく、六条御息所は発病し、伊勢で神に仕えたことが気になって入道し、仏に仕える尼となった（澪標498）

　六条御息所は死の床で、源氏に遺言を残した。娘の秋好宮の親代わりとして面倒を見てほしいと頼んだのであった。そして「決して色めいたことを考えてくださるな」とつけ加えると、源氏は「昔の浮気心がまだ残っているようなおっしゃりようは心外千万」と応えた。遺言から7、8日後、御息所は亡くなった（澪標521）。

朱雀院は、秋好宮が伊勢神宮出向の挨拶をした際に魅せられ、母親が亡くなったので、ぜひ世話をしたいと希望した。それを知った源氏は中宮の藤壺と相談し、朱雀院の希望を知らぬふりをして遺言に沿って、秋好宮を養女として冷泉帝に嫁がせることにした（澪標655）。

　源氏の養女となった秋好宮は入内（絵合1）後の里下がり先は二条院であった。源氏は「母君の御息所が、自分をあきれた奴と一途に思いつめて亡くなったのが終生の悲しみの種です」と思い出を語り（薄雲537）、すぐその後で「陛下のお世話をする喜びよりあなたへの思いがおさえきれない（薄雲549）」と懸想した。

　源氏はもう少しで不心得をしでかしそうだったが、秋好宮が本当に嫌だと思っているので反省した。ため息をつく優雅な仕草さえ、秋好宮は気に食わないことと思った（薄雲599）。

　源氏は、朱雀院の子である女三宮を正妻として六条院に迎えた。今まで正妻扱いだった紫の上の心は、人には知られないように振る舞ってはいるものの、傷ついてゆく。紫の上の心が源氏から離れるのとは反対に、源氏は紫の上への執着心を増してゆく。このプロセスがすでに始まっているのに、源氏はそれに気づかない。紫の上は、出家を望んでいるのに源氏は許さない。そのような状況で、源氏と紫の上の長い会話（若菜下821）の中で、源氏は六条御息所について、以下のような回想を述べている。

　「会うのが気づまりで息苦しい感じの人。恨むのはまったく無理もないと思われる点を、長く思いつめて、深い恨みとする。緊張のし通しで気づまりで、お互いがゆっくりした気持ちで、朝晩睦まじくするには、気がおける。こちらが気を許したら軽蔑されはしないかと、体裁を飾ってしまう。前の東宮の后としての身分にふさわしくないという噂が立って、嘆き、深く思いこんでいたのが、大変申し訳なく、とても気の毒で、自分に罪がある。いいかげんな気まぐれから、相手に気の毒なことをして後悔することも多い」（若菜下909）。

　紫の上は正妻と思われていた地位を失い、嫉妬に加えてプライドもなく

し、死の病にとりつかれる。二条院に転地して療養するが回復せず、死の間際に物の怪があらわれる。紫の上にとりついた御息所の死霊は、源氏一人に話したい、と言い、「紫の上に、わたしのことを嫌な奴だと言ったことが恨めしくてたまりません」と嘆いた。その後紫の上は息を吹き返した（若菜下1354）。

　源氏が紫の上の看護で六条院を留守にしている間に、女三宮と柏木の密通事件が起こる。

　源氏は柏木の文を偶然にも見つけて暗澹たる気持ちになる。女三宮は妊娠し男の子が生まれる。源氏は赤子に素っ気なく、産後の回復が思わしくない女三宮は出家を望む。源氏は病にかこつけて尼にしてあげようか、と思う一方で「もう駄目だと思った紫の上が治った例が近くにある」と元気づける。

　女三宮の父親の朱雀院は、心配のあまり下山して、源氏の反対を押し切って女三宮を尼にする。女三宮を看護する源氏は深夜、御息所の死霊が女三宮にとりついていることを知る。死霊は「紫の上をわたしからとり返したと自慢したのが癪で、女三宮についていた。もう帰るわ」と笑った（柏木350）。以上で六条御息所の物語は終わる。

源氏の心象風景としての御息所

　『源氏物語』では、六条御息所の生霊が夕顔と葵の死の床にあらわれ、死霊が紫の上と女三宮の病床にあらわれた。これらの霊はすべて、源氏が一人でいる場所にあらわれて、ほかの誰かが見たり聞いたりしてはいない。超自然現象がないとすれば、源氏一人の心象風景としてあらわれたと考えてもいいのではないか。

　それほど源氏は、自分の言動が御息所を傷つけ、復讐を受ける可能性さえ意識していたことになる。先に引用した回想（若菜下909）中で、六条御息所との一件は、源氏の心の奥深く沈殿して、夕顔、葵、紫の上、女三宮の病床に源氏の心象風景としてあらわれたのであろう。

　女三宮にとりついた御息所の死霊が「もう帰るわ」と笑って去ってゆ

く。「微笑んで」ではなく「笑って」は一考を要する。

　御息所の死霊は、源氏に「微笑む」のではなく、「笑って」いるのである。源氏は御息所の嫉妬の深さを知り、半ばおびえている。そのおびえを知って死霊は笑っているのである。源氏は笑われている。笑われている自分は、自分の心がつくり出す心象風景である。この解釈は読者に任される。うっかり六条御息所に手を出して、痛い目にあったことを自覚している源氏、死霊に笑われている源氏、つまり仏に笑われている源氏ではないであろうか。

　男が女に接近するごく普通の動機に加えて、源氏の場合、自分のたぐいまれな魅力を利用して、帝の女に手を出すという性癖がある。この性癖が先に立ち、女に手を出してもすぐに相性が合わないことに気がついて熱が冷めてしまった例が六条御息所であった。

　御息所は、桐壺帝の兄弟であった前の東宮の未亡人で、生まれも育ちも高貴な女性である。夫が亡くならなければ帝の后にもなったであろう。夫との間に、後に秋好宮という娘もいる。夫の死後、夫の代わりに幼い娘の世話を引き受けるから、娘と一緒に宮廷にいらっしゃい、という提案を桐壺帝から受けた。前東宮の后として、今上帝から愛情を受けることは絶対にしてはならないと誘いを断ったのに、源氏の魅力に流されてしまったのだ。源氏の足が遠くなればなるほど、御息所の執着心は異常に高まり、源氏が愛す女たちへの深い憎しみは心に納めきれなくなってしまった。源氏の言動によって引き起こされる女性の悲劇の一例であった。

　源氏への嫉妬で苦しみぬいた六条御息所の死霊が「もう帰るわ」と言って笑い、半ば源氏を軽蔑して、『源氏物語』から退場するので、少しは読者もほっとしたい。

　六条御息所だけでなく、源氏の言動によって何人もの女性が悲しみの極みを経験した。

　夕顔は、源氏に案内された秘密の逢引きの場所で急死し（夕顔564）、その死は闇から闇に葬られてしまった（夕顔731）。

　藤壺は帝の后として中宮まで昇りつめ、我が子が帝にもなりながら、

「ひそかに物足りなく思うことが誰よりも大きかった。帝の知らない源氏との秘密が解けがたい執念として来世まで残りそうだ」というのが一生の総括であった。心労と悲哀に満ちた人生であり、冷泉帝出生の秘密を桐壺帝が知らないことが後ろめたく、死後も苦しみそうだと思った（薄雲296）。藤壺は死後、源氏の夢にあらわれ、源氏は藤壺が成仏できていないことを知る（朝顔413）。

　紫の上は、源氏が女三宮を六条院に娶って以来、心がずたずたに傷つき、仏に頼らねば生きていけない自分を見出し、出家を口にするが源氏は許さない。「こんなかりそめの生活ではなく、落ち着いてお勤めをしたい」と哀願するが源氏は許さない（若菜下224）。「胸に納めきれない悩みばかり付いてまわるのは、それがわたしの自らの祈りだったのですね」と仏に向かって一人で語りかけている様子を吐露している（若菜下859）。

　女三宮ははからずも柏木と密通した。柏木が、女三宮の女房に手引きさせて、寝所に侵入したのだ。源氏は、偶然に柏木の手紙を発見し、密通を知るところとなる。女三宮は妊娠し男子を生む（柏木152）。事情を知らない周囲はぎょうぎょうしくお祝いの儀式をする（柏木171）。女三宮は、薬湯も飲まず、わが身の情けないことを考え、死んでしまいたいと思う。源氏は、生まれたばかりの赤ちゃんを冷たく扱い、世話しようともしない。他人扱いされて、恨めしく、自分自身をつらく感じて尼になってしまいたいと思う（柏木192）。尼になった女三宮に、「この子を残して出家してよいものかしら、ああ情けない」、さらに源氏が追い打ちをかけて「いつの時に種を蒔いたのだと聞かれたら、どのように答えよう」と嫌がらせを言うと、女三宮は顔を赤くしてひれ伏してしまった（柏木595）。

2-2-6　秘密と良心との葛藤を抱えた朧月夜

　朧月夜は右大臣の娘で弘徽殿の妹、朱雀帝は弘徽殿の子どもで、父は桐壺帝である。

　右大臣は、朧月夜を東宮時代の朱雀帝に嫁がせようと考えていたが（花

宴97)、源氏との仲が知られてしまった。それでは源氏に嫁がせてもと右大臣は言うが、弘徽殿は入内を熱心に考えている。源氏の方でも、すでに紫の上がいてその気がない（葵838）。

　結局、朧月夜は夜のつとめがある特別職の女御、更衣ではなく、一般事務職の内侍として宮仕えをすることになった。朧月夜は上品で人柄も良いので、朱雀帝の深い寵愛を受けるようになった（賢木291）。ところが、朧月夜の源氏への執着は消えておらず、二人は宮中でひそかに逢引きをしている。朱雀帝はそれを誰かから聞いて知っている（賢木660）。

　桐壺院が亡くなって、朱雀帝を中心にして右大臣と弘徽殿が権力をふるう時代になった、その時、こともあろうに弘徽殿も滞在している右大臣の邸で、源氏と朧月夜は密会し、朝方にその現場を右大臣に見つかってしまった（賢木967）。これまでも激しかった弘徽殿の源氏に対する怒りは極まった。源氏は自ら須磨に蟄居することになった（須磨1）。

　源氏は3年もたたない2年4か月で京の都に復帰した（明石609）。朱雀帝は夢にあらわれた桐壺院と目が合ってから目を患い、「源氏の能力を使いなさい」という桐壺院の遺言に戻ったのであった。

　朱雀帝は引退して朱雀院となっても、朧月夜をそばに置いて、出家するまで生活を共にした。

　朱雀院出家後、朧月夜が里に戻ったので、源氏はさっそく秘密を保つから会ってくれと、執拗に口説きの手紙を送った。しかし朧月夜は「誰にも聞かれずに済むことはあっても、良心に聞かれたら答えようもないではないか」と嘆いて、今さら考えられないこととの返事をくり返した（若菜上1022）。それでも源氏は元気を出して出かけ、朧月夜は源氏の誘惑に屈し、夜が明けるのも残念な新鮮さが二人に戻る。

　その後朧月夜は、藤壺もそうだったように源氏に相談もなく突然に出家する。源氏が「前もって何の相談もなく入道し、自分を捨てたけれど、第一に自分のために祈ってください」と便りをすると、「一切衆生の幸せを願って祈るのだから、あなたも入ります」とつれない返事をした（若菜下1858）。

　朧月夜は藤壺と同様に、源氏に相談なしに入道した。源氏に誘惑された

ら断り切れない自分を発見したのであろう。朱雀院が出家したとはいえ、内心やってはいけないと分かりながら、やってしまう自分を発見したのだ。自分の良心と源氏の誘惑との間で、すさまじい心の葛藤があり、源氏に相談したら負けてしまいそうな自分を知り、入道にたどり着いたことを私どもは読み取らねばならない。

藤壺が源氏との3回目の逢瀬の時、胸が苦しくなり女房に介抱されたが、この種のすさまじい心の葛藤の末に起こった身体反応であったのだろう。

藤壺はその後に、源氏に相談もなく入道した。朧月夜の入道は、藤壺の3回目の逢瀬の際に性的関係があったことを暗示している。朧月夜も藤壺も、自分の意志では源氏の誘惑を断り切れない自分を知らされて、仏に頼らねばならなかったのだと考えられる。紫式部特有の相似的なくり返しの一例である。

『源氏物語』は壮大な変奏曲であると言われる。同じテーマが形を変えてくり返されるのである。

藤壺は源氏と桐壺帝の間で、朧月夜は源氏と朱雀院の間で、すさまじい心の葛藤に悩まされた。これは主題があらわれる前にあらわれるモチーフであり、『源氏物語』後半では、匂宮と薫の間で苦悶する浮舟が死を選択する主題へと展開する。

2-2-7 抑鬱と苦悩、そして許し

『源氏物語』の主要な登場人物には、悩みを抱えた人が多い。

このような『源氏物語』を理解する上で、エリザベス・キューブラー＝ロスが提唱した末期がん患者の心理過程モデルが役に立つでしょう。人はがんと診断されてから、受容するまでに長い心理過程があるという。第1段階は「否定」で「自分ががんであるはずがない、医者がカルテを間違えている」と否定する。第2段階の「怒り」では、「職場でとなりの奴がタ

バコをふかしている」「女房の料理は栄養バランスが取れてない」と他人に怒りをぶつける。第3段階は「神との取引」です。ご無沙汰している教会に再び通いだし、長い間会わなかった両親に土産持参で挨拶したりする。それを過ぎると第4段階の「抑鬱と苦悩」に沈む。一人で死と向き合わねばならず、抑鬱と苦悩の中で考え苦しみ抜く。そして第5段階に「受容と平和」が訪れるという。

　悩みに真剣に取り組んで心の平和に達したのは、言うまでもなく浮舟と朧月夜であった。浮舟は抑鬱と苦悩の末に自殺を選ぶが、のちに仏の力を借りて心の平和に達する。朧月夜は源氏の誘惑をことわりきれない自分に悩んだ末に出家し、一切衆生の幸せを願う祈りの生活に入った。
　藤壺、六条御息所、紫の上、柏木は、抑鬱と苦悩の末に死を迎えた。藤壺と柏木は自分が犯した不倫密通に悩まされ、六条御息所と紫の上は嫉妬に苦しみ抜いた。
　仏と取引をしたのは源氏だった。藤壺との不倫密通によって心の闇を抱え、出家して仏と向き合わねばならないと思うことが多かったのだが、何かの理由を考えついて仏を避けていた。自分の本妻女三宮が柏木と密通したことを知った際には、「この世でこんな苦しみにあったから、来世では自分の罪も少しは軽くなるだろう」と自分の罪と柏木の罪を仏の天秤にかけた。

　熱力学第2法則は自然界で起こるすべての現象に当てはまり、人にも通用します。
　『源氏物語』をこの面から見るのも分かりやすいかもしれません。
　「自然に起こる現象はすべて混乱と無秩序をもたらす」という熱力学第2法則は、「秩序をつくるにはエネルギーが必要」という意味でもある。「紙は自然に燃えて二酸化炭素と水になる」は、「二酸化炭素と水を原料にして、植物は光エネルギーを使って紙をつくる」の逆を言っている。
　これを『源氏物語』に例えてみると、桐壺帝と桐壺更衣の純愛物語が、知性が退廃した薫の物語へと向かっていくにつれて、混乱と無秩序がきわまっていくのが分かる。

その一方で、藤壺、六条御息所、紫の上、柏木、朧月夜は、源氏との関係がもたらす混乱と無秩序の真っただ中をさまよいながらも、抑鬱と苦悩というエネルギーを使って、ただ一人、心の平和を求めて仏に向かっている。浮舟も、薫と匂宮がつくり出す混乱と無秩序の中で、同じように抑鬱と苦悩というエネルギーを使って、自らの身の処し方を模索する。

　こうした人々の抑鬱と苦悩こそが、秩序をつくるエネルギーなのであり、『源氏物語』の本質なのではないだろうか。

　『源氏物語』は、人間の「許し」という難問も扱っている。

　朱雀帝は、源氏と密通している朧月夜を許して自分のそばに置いた。匂宮は、体に沁みついた薫の匂いで中君の背信を知って罵詈雑言を吐きつけるが、すっきりすると許した。これらは、愛情が怒りを上回ったのだ。

　しかし源氏は、柏木と女三宮を許すことができなかった。二人に冷たくあたったため、柏木は衰弱して亡くなり、女三宮は出家して尼になった。朧月夜を許した朱雀帝と、源氏を許した桐壺帝の二人の帝は、源氏との器の大きさの違いが際立っている。そもそも源氏は「帝になったら世が乱れ民が苦しむ」ので、帝の器に欠けているのです。

　桐壺帝は、源氏と藤壺の密通を知っていたのか、知っていたとしたら二人を許していたのかどうか。これについて、紫式部の書き方は実にミステリアスです。

　「桐壺帝は知っていた」ことを匂わすヒントは、いくつも読者に示されている。そのうち２点だけを紹介する。

　一つは、「藤壺が帝に報告した出産予定日から約２か月遅れて皇子が生まれた」（紅葉賀225）ことです。藤壺が源氏と２回目の逢瀬をもった２か月前に、帝と藤壺に性交渉があったことは、藤壺と帝しか知らないはずです。

　もう一つは、桐壺院、藤壺、源氏、そして源氏と瓜二つの東宮の４人の最後の別れの場面です。「東宮は慕っている父親（桐壺院）を見ている。藤壺は亡くなろうとしている桐壺院ではなく我が子東宮を見ている。桐壺院は（我が子のはずの）東宮ではなく、藤壺を見てあれこれ心も乱れてい

る」（賢木219）とあり、つまり桐壺院は伴侶として仕えてくれ、東宮を産んでくれた藤壺に感謝しながら死んでいくのではなく、さまざまに心を乱し、思い悩みながら死んでいく。桐壺院は密通を知っているだけでなく、藤壺を許していないことも示唆されている。

　その後、当の源氏は朧月夜との密会の現場を朧月夜の父親に見つかり、自ら須磨に蟄居する。まわりの親しい人たちに、自分は潔白であると言って須磨に行くが、須磨で１年たったある日の海岸で「もろもろの神々も私をあわれと思ってくださるだろう。これといって罪はないのだから」と詠むと、急に風が吹きだして空が真っ暗になるのです。人々に罪がないと言い張っても問題はなかったが、神々に無実を訴えたとたんに空が怒り出したという記述です。この時は雷まで鳴り轟いて廊に落ち、あっという間に焼けてしまった。その晩、源氏の夢には桐壺院があらわれ、源氏の手を取って励まし「自分はあやまちは何もしなかったが、知らず知らずのうちに犯した罪があった」と言って立ち去るのだった（明石92）。
　桐壺帝は、源氏と藤壺の秘密を、皇子誕生の頃すでに知っていたのだろう。知っていながら源氏を許し、皇子を大歓迎し、この皇子を東宮に指名した。東宮の立場を少しでも安定させるために、母親の藤壺を許していないにもかかわらず、中宮に昇格させた。

　こうした展開を理解するには、桐壺帝の心に今もって宿っている桐壺更衣に対する深い愛情を考えねばならない。桐壺更衣が産んだ源氏を東宮にできなかったのは、「帝になったら世が乱れ民が苦しむ」という高麗人人相見の見立てが主であるが、源氏に強力な後見人がいなかったせいでもあった。東宮から帝の職を全うするには経済的にも政治的にも強い後見が必要だが、源氏にはそれが皆無だったのです。
　藤壺が産んだ皇子が源氏の子となれば、それは桐壺更衣の孫です。つまり、源氏を介して桐壺院と桐壺更衣の血が４分の１ずつ入っていることになります。中宮としての母親藤壺の後見も備わり、源氏も後見役として期待できます。桐壺院から朱雀帝への遺言は「源氏の能力を使いなさい」でした。つまり、源氏を帝にする夢を藤壺の産んだ皇子で果たそうと喜んで

いるのです。

　須磨での源氏の夢にあらわれた桐壺院が「知らず知らずのうちに犯した罪」とは、「藤壺を許せなかった」ことではなかろうか。桐壺帝が怒り、あるいは嫌悪の仕草をする場面は、先に記した最後の別れの場面と六条御息所の扱いについて源氏に注意する場面だけです。

2-3 「死んでお詫びをするか、仏の声を聞くか」の物語

　紫式部は、『源氏物語』の執筆動機の節で引用したように「女ほど、身持ちが窮屈で、かわいそうなものはない。感ずべきこと、面白いことも、わからないふうにして、人前にも出ず引込んでいたりなどするから、何によって、生きてゆく上での栄光も、無常の世の暇な時間をも、紛らわすべきであろうか」と、女性の置かれた状況に根源的な不満と不公平を表明している。

　男側の性的氾濫・暴走によってもたらされる悲劇は、常に女側によって処理されねばならない。『源氏物語』では、二人の男と性的な関係をもつことになった女は、常に自分から欲してそうなったのではなく、自分に仕える女房の手引きによって、寝室に忍び込まれたのであった。手引きした女房までが、男の性的な懐柔を受けていたと理解されている。

　桐壺帝の后、藤壺は、王命婦の手引きによって源氏と密通し、源氏と瓜二つの若君を出産する。若君は東宮となる。密通が露見すれば、自分だけでなく源氏も若君も朝廷に対する反逆者となる。源氏との密会は絶対に避けねばならない。そのような状況下でも源氏に忍び込まれてしまった。藤壺は源氏との性的関係を断つために、源氏にも相談なく、出家して尼となる。密通の秘密を胸に抱えたまま、真に仏に仕える出家ではなく、我が子の安泰をはかるための出家であることを意識したまま、37歳で亡くなった。

　源氏は藤壺と会おうとして宮中をうろうろしたが手引きする王命婦も見つからない。おさまりきらない源氏は朧月夜と遭遇し、二人は恋仲になる。朧月夜は源氏の政敵である右大臣の娘で、朱雀帝お気に入りの后候補

である。源氏はそれを知りながら、こともあろうに右大臣の邸で密会し、その現場を右大臣に押さえられる。源氏は自ら須磨に蟄居する。それにもかかわらず朱雀帝は朧月夜をそばに置き、退位後も出家するまで面倒をみた。朱雀院が出家すると、源氏は朧月夜に「絶対に秘密は守られるから」と言って、よりを戻そうとする。朧月夜は「誰にも聞かれずに済むことはあっても、良心に聞かれたら答えようもないではないか」と返事する。それでも源氏は出かけていき、朧月夜は源氏の誘惑に屈する。その後、朧月夜は源氏に相談もなく出家する。藤壺の場合もそうであるが、自分の理性では源氏の誘惑を拒否しようとしてもできないことを知った女は仏に頼り、現世を捨てるしかないのであろう。

　源氏の正妻となった女三宮は、小侍従の手引きによって柏木に忍び込まれ、柏木の恋文も源氏に見つけられる。かわいい若君が生まれるが、源氏はうれしそうな気配もなく、無関心である。密通のことを知っているような素振りで、あれこれと嫌味を言い、さらに手を出しそうな誘いもする。女三宮はそれが嫌で、出家の道を選んだ。15歳の少女の世をはかなんでの出家は、父の朱雀院にとってはやりきれないことであろう。人生はまだこれからという時に、柏木の性の暴走と許すことのできない源氏の不寛容によって、15歳の少女は現世における死（出家）に追い込まれた。

　源氏の手のついた朧月夜を生涯の伴侶とした朱雀院、桐壺への大きな愛によって藤壺の密通を知らないふりをした桐壺帝と比べると、源氏の矮小さが際立つ。源氏を巻き込んだ三角関係の中では、嫉妬によって衰弱して亡くなった六条御息所と紫の上、自責の念と源氏への恐怖によって死の床についた柏木もいる。これらの人々は、仏の大きな愛と許しを発見できないままである。

　作者は、源氏が成功の頂上にいる時から出家の道に入らないことを残念に思っている。なぜなら源氏は、藤壺との密通によって心の奥底にできたドス黒い暗闇にいつもおびえ、仏道に入ってそのことと真正面から向き合わねば、あの世で成仏できないからである。しかし源氏は出家のことが頭に浮かぶと、そのたびに何かの理由を見つけて仏の道に入ることを避け続けている。作者は源氏に紫の上の死をつきつけて、源氏を絶望のどん底に

落とす。源氏はようやく人生に絶望し、仏の道に入ることを決心した。源氏が仏の道で向き合うのは、紫の上と藤壺だけではない。夕顔、葵、六条御息所、紫の上、朧月夜、玉鬘、女三宮、さらには桐壺帝、朱雀院、柏木など、彼らの人生を台無しにしてしまったことに気がつくであろう。死んでお詫びをするかもしれない。あるいは仏の声を聞くことができるかもしれない。

　「死んでお詫びをするか、仏の声を聞くか」。紫式部は、この物語こそを『源氏物語』の本筋として書いた。文章のない「雲隠」の巻は、仏の道において源氏が悟りにいたる心の闘争として用意されたものである。源氏はヒューマニズムに反した言動によって、死んでお詫びをしなければならないほど女性たちに大きな迷惑をかけたのである。

　この物語は、紫式部にとって源氏だけの問題ではなかった。朝廷貴族社会そのものがヒューマニズムに反していたからである。冒頭でも紹介したように「女ほど、身持ちが窮屈で、かわいそうなものはない…」はもちろんのこと、「悪いことよいことをちゃんとわかりながらくすぶっているのも、お話にならないことだ。自分ながら、立派にどうして身を持ち続けることができようか」と痛切な言葉を発している。

　敏感な権力者なら、この発言だけでも『源氏物語』が危険な書であることを察することができたにちがいない。源氏に代表される平安朝廷貴族の生態が後世まで伝えられることが分かれば、『源氏物語』の執筆さえ中止したにちがいない。紫式部は「（物語というものは）この世に生きている人の有り様を見ても見飽きず聞いても聞き足りない話を、後々まで語り伝えたいと思ういくつかを、心一つに包みきれず、語り残し始めたのだ」と宣言しているのだから。紫式部は、権力者の目を意識しながら、ぎりぎりの線で書いているのだ。

　娑婆の世界における源氏の最後の１年間が「幻」の巻で描写され、それに続く「雲隠」の巻は文章のない空白となっている。「雲隠」の巻は、源氏の心の中で「死んでお詫びをするか、仏の声を聞くか」の凄惨な葛藤がくり広げられるために用意されているのに、紫式部はそれを書かなかったのである。空白にするくらいなら「雲隠」の巻を置かなければ良かったの

に、とも言えようが、紫式部があえて空白の「雲隠」の巻を置いたという背景を私どもは考えねばならない。書きたいことがあるが書けないという暗示を後世の読者に送っているのではないか。

　紫式部が「雲隠」の巻で書きたかったのは、「死んでお詫びをするか、仏の声を聞くか」の物語である。作者は「幻」の巻で、威厳の乏しい悲惨な源氏を描いて光源氏ファンをがっかりさせているが、「雲隠」の巻を源氏を主人公にしっかり書いたとしたら、『源氏物語』の通俗的な魅力をなくして、その後の執筆さえ危ぶまれたであろう。つまり、紫式部が望むようなヒューマニズムを源氏に気づかせてしまうと、源氏が代表する平安朝廷貴族社会は自らの過去を否定し、仏の道に沿った生き方を始めねばならないために、ここは源氏を主人公としては書けなかったのだ。

　『源氏物語』そのものが紫式部にとって「書きたいことがあるが書けない」ことであるにもかかわらず、通俗小説という形をとって、藤原道長をはじめとした通俗な人間の通俗な欲望を満たすという巧妙な方法で書いてしまった文学である。『源氏物語』は、権力者たちが通俗小説として面白おかしく読めるような工夫が成功している。

　「雲隠」の巻を空白にしなければならなかった代わりに、『源氏物語』の本論とも言うべき「死んでお詫びをするか、仏の声を聞くか」の物語は、浮舟を主人公にしてそれ以後に展開されている。

2-3-1　主人公に必要な人間性

　紫式部は、主人公を浮舟にするまでに2回の試行錯誤をくり返している。最初の試みは「匂宮」「紅梅」「竹河」の巻で、宮の御方をめぐって匂宮と薫が性の氾濫をくり広げる構想である。

　これは途中まで執筆されるが、「（匂宮が）八宮の姫君にも、御愛情が浅くなくて、しきりにお出かけになっていらっしゃる（紅梅271）」「玉鬘はとても若々しく、おっとりしている気がする。大君もこんなふうでいらっ

しゃることだろう。（薫が）宇治の姫君に魅かれる気のするのも、こういうところがいいのだ（竹河834）」と、それまでの話とは関連のない不自然な文章が挿入されて、「匂宮」「紅梅」「竹河」の巻は終了してしまう。

　続いて話は「橋姫」の巻から「夢の浮橋」の巻へと急展開し、京から宇治へと場所を移す。宇治には、源氏の弟に当たる八宮が住んで、仏教三昧の生活を送っている。八宮の妻は大君と中君という二人の娘を産んで亡くなった。中君をはさんで匂宮と薫が恋愛騒動を展開する。

　薫は大君に恋するが、長女の大君は母性本能が強く、中君を薫と結婚させて幸せになってもらいたいと考えている。中君をほかの誰かと結婚させれば、大君が自分の方に向かうであろうと考えた薫は一計を案じ、自分は中君と結婚するからと大君と女房をだまし、中君の寝室に案内するよう依頼した。そこにやってきたのは薫に変装した匂宮で、二人は結ばれ結婚する。

　その後、匂宮が多忙で宇治に来られない日が多くなると、中君の結婚生活を心配した大君は若くして亡くなった。薫は大君の記憶を呼び覚ましてくれる中君を恋する気持ちが強まり、中君を匂宮と結婚させたことを後悔する。

　一方、匂宮は源氏の長男で実力者夕霧の六の君を正妻として迎え、夕霧の住む六条院から離れることができない。二条院でさみしい日々を送っていた中君は薫との距離が一挙に縮まり、二人は一晩をともにする。ただ、妊娠時にまく腹帯を見て、薫は先には進まず、二人は暁まで一緒に過ごしただけだった。しかし、中君の身体に沁みついた薫の体臭に匂宮は嫉妬激怒したが許した。薫は大君への思慕から抜けきれず、大君の人形を宇治につくりたいと中君に相談する。

　この2回目の試行錯誤でも話が不自然に急展開して、登場するのが浮舟である。中君は「今までこの世にいるとも知らなかった人が、この夏ごろ、遠い所から上京して、私を訪ねてきたのですが、赤の他人とは思えない人ですけれど、また急に、そんなに何も親しくすることもあるまいと思っていましたが、先ごろやって来ましたのが、不思議なほど、大君の様子に似ていましたので、なつかしく思う気になりました（宿木1231）」と人

形よりも大君に似ている腹違いの妹がいると語り出す。そして以後は、腹違いの妹、浮舟を主人公とする物語が展開する。

　この語り口の急展開について、玉上琢彌は『源氏物語評釈』の中で次のように解説している。

　「作者は急いでいる。作者の筆づかいの慎重さは『源氏物語』を通じて常にみられることである。その時は何のことか分からなくても、後でなるほどと思える伏線の引き方である。が、このあたりの異常な話と用語には注意をさせられてしまい、のちの伏線かと考え込む。作者の筆づかいの荒さが疑問である。慎重な作者の心境に何か変化が起きたのだろうか」

　「死んでお詫びをするか、仏の声を聞くか」の物語の主人公が、宮の御方でもなく、中君でもなく、浮舟として決着がついたのである。紫式部にとって、宮の御方でも中君でも何かしっくりこないまま書いていた過程で、浮舟をつくり出してはじめて納得のいく物語になったのではないかと考えられる。

　では「死んでお詫びをするか、仏の声を聞くか」の物語の主人公には、どんな人間的な特徴が必要であったのであろうか。気高い人格であり、ヒューマニズムを実践できる人でなければならない、と推定できる。宮の御方、中君、浮舟を題材にしてそのことについて考察したい。

　宮の御方の母親は「持って生まれたご運に任せて、私が生きている限りはお世話申しましょう。私が死んだ後は、かわいそうで心配ですけれど、出家してでも、ほっておいても人に笑われるような、（男女関係の）軽々しいことなしに過ごして頂きたいもの（竹河81）」と泣きながら娘を心配する。この心配は「生きています限りは、何の、朝晩の話し相手としてでも暮らせましょう。一人残して死にました後、（男女関係につまずいて）思いがけない姿で落ちぶれさすらうのが悲しいので、いっそ尼にして、深い山にでも据え置いて、そういう仕方で世の中を諦めておりましょうか、などと、思い余りました末に、考えつきましたのです（東屋514）」という浮舟の母親の心配とそっくり重なる。つまり、「死んでお詫びをするか、

仏の声を聞くか」の物語の主人公には当初から、しっかりした母親があり、しっかりと育てられた女性が考えられていたことになる。紫式部は、気高い人格やヒューマニズムの実践のような性質は、遺伝的に自然に伝わるものではなく、育った環境が大きく影響していると考えているように思われる。

　最初に構想された宮の御方の母親は、真木柱である。真木柱の母親は髭黒の正夫人であったが、玉鬘が後釜に座ったため、真木柱を連れて実家に帰されてしまった。真木柱は育った家を離れるのが悲しいあまり、柱のすき間に和歌を残して家を出た。

　成長して、真木柱は蛍兵部卿宮と結婚し、宮の御方を産むが、蛍兵部卿宮が早く亡くなったため、宮の御方を連れて按察使の大納言と結婚した。按察使の大納言には亡くなった正妻との間に二人の娘がおり、父は姉娘を東宮に、妹娘を匂宮にと考えている。世間の注目は実力者大納言を父に持つ二人の娘の方に大きく傾き、実の父が他界した宮の御方の方はいつもひっそりとしている。このように宮の御方は、母娘3代（髭黒の正妻、真木柱、宮の御方）にわたって苦労を重ねている。

　浮舟の背景も、まったく同じようにつくられている。浮舟は八宮の邸で、大君、中君を姉とする三姉妹の末娘として生まれた。大君と中君の母である北の方が中君を産んですぐ亡くなると、北の方の姪であった中将君を母として生まれたのが浮舟であった。しかし、八宮は浮舟を実子として認知しなかった。

　中将君は、浮舟を連れて陸奥守の妻となった。夫はその後、常陸守となって常陸に下り、浮舟が20歳の頃、京に戻ってきた（宿木）。浮舟と婚約した左近少将は、浮舟が常陸守の実子でないことを知ると婚約を破棄し、常陸守の実子である妹と改めて婚約する始末であった。浮舟のために準備された寝室や嫁入り道具は、そっくり妹のために使われた。実家に居づらくなった浮舟は、匂宮の妻となった中君に頼み、二条院に居候することになる（東屋）。

　宮の御方も浮舟も父に死なれ、母の再婚先では実子でないため不遇であった。浮舟にはさらに地方暮らしという苦労が加わる。このようなきびしい生活環境で鍛えられることで気高い人格が備わり、紫式部はこれこそが

ヒューマニズムを実践するのに必要だと考えている節がある。

本書でヒューマニズムという単語を使う際に、この言葉がどのような意味合いを含んでいるかについては「エラスムスの自然科学的ヒューマニズム」の章で後述するが、先だって要約しておく。

エラスムスは「人間が種族として地球上で生き延びるために行うすべての試みや行動がヒューマニズムである」と定義する。人間は生き延びるための強い牙や歯を持たない弱い存在である上に、一人でできることは何もない。そのため、集団をつくり、分業された小さな役割を勤勉にこなすことが大切で、さらにそうした集団が効率よく運営されるために、人間同士の信頼関係、友愛がきわめて大切になる。加えてヒューマニズムは、親から子や孫にさらに洗練されて伝わっていく。これはエラスムスも認めてくれると思う。

紫式部が浮舟に与えた背景で重要なのは、しっかりした母親に育てられたことに加えて、地方での生活を経験しているという点である。生活する条件が京よりもきびしい地方で生き延びてゆくためには、節約と勤勉に加えて人との信頼関係が保たれていなければならない。父親の赴任に同行した越前での生活経験のある紫式部はこのことを知っていたにちがいない。

エラスムスのヒューマニズムから考えても、自然条件がきびしい地方の人々は、生き延びるためにヒューマニズムをしっかりと保たねばならない。エラスムスの時代、新大陸が発見されて間もない頃、航海から帰った人々が、新大陸土着の人々はキリスト教徒よりもキリストの教えを実践していると報告していることにも相通じる。

『源氏物語』の中で「気高い」と形容されているのは玉鬘と浮舟である。筑紫で育った玉鬘が母夕顔の女房だった右近と遭遇する場面（玉鬘498）と、陸奥と常陸を放浪した浮舟が自殺する場面（浮舟1312）である。

浮舟を主人公にして始まるヒューマニズムの物語には、京風の文化のもとで育った宮の御方や、京からわずかばかり離れた宇治で京風に育った中君ではなじまなかったのであろう。『源氏物語』は、宮の御方でさまよい、中君でもさまよって、浮舟で方向が定まった。

2-3-2　浮舟の死と再生

　この項では浮舟の心に密着して、入水自殺にいたる浮舟の苦悩と仏に助けられる心の再生を追跡する。

　薫は亡き大君への思いが断ちきれず、その面影を残す中君にまとわりつく。薫は大君の人形をつくりたいと中君に相談し、中君は突如として、自分には腹違いの妹がいることを明かす。妹は、自分より大君に似ていると言って、薫の自分への執着をはぐらかそうとする。ここから『源氏物語』は急展開して、浮舟をはさみ薫の退廃した知性と匂宮の氾濫する性がもたらす混乱と無秩序の末世が姿をあらわす。

　帝の三男で東宮まで予定されている匂宮と、源氏の次男で今上帝の二の宮（次女）を娶った薫は世間が注目する若きエリートである。薫は、八宮（桐壺帝の八男）の教えを乞うために宇治に通い、八宮が留守の際に琴を弾く姉妹を覗き見し、大君と文を交換するようになる。以下の会話では、二人の遊び人が、宇治の姉妹を自由自在にできる身分の低い女として語っている。浮舟はこんな二人にもてあそばれるのである。

　薫は宇治の二人の女について匂宮に話し、「姫君に会ってもらいたいが、身分の高いあなたでは、浮気も気ままにはできないでしょう。軽い身分こそ、浮気がしたければいくらでもできるのに」とけしかけ、「宇治の姫君は、世間離れした坊さんのようで、面白くもなかろうと、長いあいだ軽蔑しておりまして、耳にもとめないでいましたが、月の光でほのかに見た通りの器量なら、十分なものでしょう。また、あれ位なのを理想的な女だと思うべきでしょう」などとそそのかした。

　並大抵の女には興味を示さない薫がこんなに深く思っているのだから、大した女にちがいないと、匂宮は姫君たちを見たいという気持ちがこの上なく高まる。しかし、高貴の身分の窮屈さを、嫌になるほど苛立たしく思う。

　薫はおかしくて、「仏に関心があるので、世の中に執心を持つまいと思

う身ですが、抑えかねる恋心によって思惑違いのことも起こるでしょう」
とふざけると、匂宮は「何とまあ、大げさな。例によってものものしい聖
僧みたいな言い方、末が見とどけたいものだ」と笑った（橋姫620）。

　薫は今上帝の二の宮を娶り、世間から注目されている。源氏でさえ、紫
の上をさしおいて高貴な血筋の女三宮を娶ったのは40歳になってであっ
た。しかもすでに退位した朱雀院の娘である。
　二の宮が御所から薫の住む三条の宮に退出する儀式は格別豪華で、帝つ
きのすべての女房がお供をしたほどであった。薫はその夜、「自分は前世
の因縁が悪くなかったのだ」と心中得意にならずにいられないものの、
「過ぎてしまった昔の人（大君）が忘れてしまえたら良いのだが、やはり
心の紛れる時とてなく、何かというと、恋しく思われるので、この世では
あの気持ちを静めることはできないのであろう」と思う（宿木1829）。
　大君によく似た妹の浮舟がいることを中君から教えられた薫は、宇治の
邸で偶然、初瀬詣での浮舟の一行と出くわした。こっそりと浮舟を覗き見
ると、品格のある目もといい、髪の生え具合といい、大君とそっくりと
思い出されて、涙がこぼれた。かわいい人だな、これほどの女であったの
に今まで探しもしないで過ごしてしまった、父親に認知されなかったとは
いえ、本当に八宮のお子だと分かっては、この上なくあわれにうれしい気
がした。今すぐにでもそばに寄って、「この世に生きていらっしゃったの
ですね」と言って慰めてあげたかった（宿木1937）。
　こうして浮舟は、帝の娘を妻にもつ薫によって、今は亡き大君の代替物
としてもてあそばれるのである。
　一方で匂宮は、源氏の長男で今や政界の実力者となった夕霧の六の君を
正妻として娶り、六条院を本宅として権力構造に組み込まれている。匂宮
の女癖の極悪さは、妻である中君が在宅する自分の邸で浮舟を手籠めに
しようとしたのを知った中君と女房たちの会話から明らかになる。女房から
報告を受けた中君は「例によって、頭の痛いなさりようですこと。あれの
母（今上帝の中宮となった明石の姫君）も、どんなに軽々しい、よろしく
ないこととお思いでしょう」「お付きの女房連中でも少し若々しくて感じ
のいいのは、お見逃しなさることのない、いとわしいあの方のお癖」とあ

きれてものも言えない（東屋778）。

　自分を昔の思い人の代替としか見ない薫と、性が氾濫した匂宮の間には
さまれた浮舟の悲劇は、匂宮と中君の住む二条院から始まる。これから浮
舟の死と再生をテーマとする物語の進行に沿って、浮舟が思ったこと、考
えたこと、頭に浮かんだこと、言ったこと、そして作者の浮舟描写をすべ
て抜き出し、浮舟像に迫る。

二条院～三条辺の小屋

　婚約が破談となって、実家に居づらくなった浮舟は、姉の中君の住む二
条院に居候することになる。中君の夫の匂宮は妻が洗髪する間、手持無沙
汰で邸の中をふらつき、新参の女らしい浮舟に気づく。たいそう美しく見
えるので、いつもの好き心では見逃せず、浮舟の手を取って「誰だ名前
は」と聞く。浮舟は気味が悪くなって、自分に思いをほのめかしている薫
なのだろうかと恥ずかしく、どうして良いか分からない。

　浮舟の乳母は何か変な気配に気づき、二条院の女房は夜になって格子を
下ろしにやってくる。この二人が匂宮の乱暴な振る舞いに小言を言うが、
匂宮はびくともしない。浮舟は不快そうな振る舞いはしないが、死にそう
に思っている。匂宮は、浮舟がかわいそうなので、思いやりを込めて慰め
る。

　乳母が匂宮を浮舟から引き離そうとしても、そんなことを気にする匂宮
ではないことを知っている女房たちは、もはやこれまでと気の毒に思って
いる。その時に匂宮の母（今上帝の中宮となった明石の姫君）が急病で、
御所から呼び出しが入り、匂宮は浮舟を諦めて御所に向かう。「会ったが
逢えなかった」という古歌を口ずさみながら出て行き、浮舟はわずらわし
く感じる。恐ろしい夢が覚めたような気持ちがして、汗をびっしょりかい
てうつ伏している。一難去って、浮舟の心に浮かぶのは匂宮の妻で腹違い
の姉の中君のことであった。浮舟はどんな思案も浮かばず、ただむやみに
恥ずかしく中君がどう思うかとつらいので伏して泣いてしまった。

その中君が心配して退屈まぎれにでもいらっしゃいと誘うが、浮舟は気分がすぐれずつらいので、休息しまして、と乳母を通じて伝えた。どのような気分ですかと折り返し尋ねられて、どこが悪いとも分かりませんが、ただ苦しうございます、と返事をした。

　中君の誘いを受けないと、匂宮と何かあったことになってしまうと心配した乳母は、浮舟を中君の所に連れて行った。中君が「よそのうちと思わないで。あなたは亡くなった大君にそっくり。大君を忘れる時とてないので、あなたが大君の代わりをしてくれるとうれしい」と丁寧に話しかけると、浮舟は何ともきまりが悪く、それに田舎くさい心で返事のしようがないので、「長年遠くから慕っておりましたのに、こうしてお目にかかれて慰められる気持ちです」とだけ、子どもらしい声で言った。

　明け方まで話をしてから一緒にそばで寝た。浮舟は、中君をたいそう慕わしく、お目にかからずじまいだったことを心残りで悲しい、と思った（東屋700）。

　乳母からの報告を受けた浮舟の母親は、直ちに二条院に向かい、物忌みを理由にして、浮舟を連れ出した。方違えの場所として用意しておいた三条辺の小さな家に、浮舟をとりあえずかくまった。

　結婚話がこわされ、実家に居づらくなって、二条院に落ち着いたと思った矢先に、匂宮におそわれ、涙をこぼして、生きているのも窮屈そうな我が身だとしょんぼりしている浮舟の様子はたいそうあわれであった。母親はきれいな体で理想通りに嫁にやろうと思っているので、あんな不愉快な事件がもとで、人に軽々しく思われたり言われたりするのが気になった（東屋991）。

　母親は中君から、薫を浮舟の相手としてすすめられ、薫の女房を介して薫自身からも求められている。浮舟は、匂宮が初対面にもかかわらず、あなどって無理に入り込んできたのに比べて、薫は求める気持ちがありながら、だしぬけにも言葉をかけずに、素知らぬ顔をしているのは奥ゆかしいと思う。しかし一方で、今上陛下の秘蔵娘を娶った薫の目からすれば、自分など何とも恥ずかしく気が引けると思い、わけもなく頭がぼうとしてくる（東屋1066）。

三条の仮の住まいはもの寂しくて気晴らしに見る前栽の花もない。浮舟は気分がすっきりせずに日を送っている。中君のことが恋しく思い出される。無茶なことをした匂宮の気配も思い出される。あれはどういうことだったのだろうか、しきりに口説いていたことを思うと、後まで残っていた移り香がまだ残っている気がして、あの時恐ろしかったことも思い出される。

　母親から手紙が来て、「所在なく、落ち着かない気持ちがするでしょうが、しばらく辛抱してください」とあった。浮舟の返事に「所在ないのが何でしょう。この方が気楽です」と子どもっぽく書いてあるのを見ると母親はほろほろと泣いた。このように家を追い出して身の置き所のないような目に遭わせたことがたまらない気がして「この世ではない所に住んでも、あなたの花開く時を見たいものです」とありのままの心を伝えた（東屋1082）。

三条～宇治

　薫に仕えている女房の弁は、故柏木の乳母子、つまり柏木の乳母だった人の娘で、赤ちゃんの時から柏木と一緒に育てられた。柏木と女三宮の密通を身近に知っていたのは、柏木を手引きして今は亡き小侍従と弁の二人だけだった。

　弁は、病床の柏木から遺言書と女三宮からの返書数通を託されていた。弁は男にだまされて西の果て（薩摩）を放浪し、その男の死後京に戻って、八宮の邸ではたらいていた。そこで薫に遭遇し、紙魚に食い荒らされ古ぼけた文書を薫に手渡すことができた。

　薫は、自身の出生の秘密を知るただ一人の人となった弁を手もとに置いた。弁は八宮に仕えていたので、八宮の妻の姪、つまり浮舟の母親とも知り合いだった（橋姫444、759）。

　弁は、最近受け取った浮舟の母から手紙で、浮舟が粗末な小家に隠れていることを知っていた。母親は「浮舟がかわいそうで、もう少し近ければ宇治の邸に預けて安心するのですが」とこぼしていることを聞いて、薫は

明後日、その小家に行って私の気持ちを伝えるようにと、弁に言いつけた。

　その日の早朝、弁は用意された車で何人かの付き添いとともに宇治を出発し、日暮れに三条の小家についた。浮舟は、物思いに沈んで日を送っていたので、父八宮に仕えた人で父の昔話も聞けるのがうれしくなって、弁を呼び入れた。弁は、薫の言葉を伝えに来た、と言う。浮舟も乳母も、素晴らしい方と思っている薫のことなのでありがたく、こんな隠れ家に弁が遣わされようとは思いもかけないことであった。

　宵が過ぎる頃、薫自身がやってきた。「抑えきれない思いを聞いてください」と取次に伝えさせた。浮舟はどう返事したら良いか困って、ただじっとしている。乳母は歯がゆがって、「若い者同士が話して、すぐに意気投合して、いい仲になることもないし」とさとす。

　薫は大君の身代わりにしたいという望みは言わないで、「思いがけなく覗き見して見て以来、恋しく思うのは何かの因縁でしょう」とでも話しているのでしょう、と作者の意見。浮舟の様子は、かわいらしくおっとりしているので、薫には予想よりも劣っていることはなかった（東屋1133）。

　翌朝早く、薫は皆があっけに取られているのを尻目に、浮舟を車に抱き入れ、付き添いの侍従と弁だけを乗せて、宇治に向かった。

　宇治への車上で、弁は「薫の相手が浮舟ではなく亡き大君だったら」と思うと悲しくて、つつしもうとしても涙が出た。薫も空の様子を見るにつけ、昔が恋しくてならず、「この人（浮舟）を大君の形代と見るにつけ、涙で袖が濡れる」とつぶやく。それを聞いて弁は、我慢しきれずすすり泣き、薫もこっそり鼻をかんでいるので、結婚の始まりを祝うべき幸先良い旅とはならなかった。

　新婚なのに、夫は鼻をかみ、付き添いの弁はすすり泣くとはあるまじき変なことなので、さすがに薫は、浮舟がどんな気持ちでいるだろうかと、浮舟を無理に抱き起こす。浮舟が扇で顔を隠して、きまり悪そうに外を見ている目つきなどでまた、大君が思い出されるけれど、浮舟がおだやかでおっとりしすぎているのが心もとないようでもあり、一方、亡き大君は子どもっぽいところがありながら、思慮が浅くはなかったと、やりばのない

悲しみが空に満ちるようであった（東屋1268）。

　宇治の邸に着くと、最初に薫の心を占めたのは、邸の中に未だにとどまっている大君の魂に見られているということであった。そこに新しい女を連れてきたのである。いたたまれなくなって、浮舟のそばから立ち去った。

　薫は今後、浮舟をどのように扱ったら良いのか、思案に暮れた。正式に妻として、母女三宮と正妻である帝の二の宮が住んでいる三条の邸に迎えたら世間がうるさいだろうし、女房の一人として軽々しく暮らさせるのも望ましくないので、しばらくここに隠しておこう、と思った。

　浮舟が自分と会えないとさみしいだろうとかわいく思って、こまやかに話をして暮らす。浮舟の父宮のことも話題にし、昔話を面白く情を込めて冗談も口にするが、浮舟はただただ、きまり悪そうで、ひたすら恥ずかしがっているので、薫は物足りなく思う（東屋1310）。

　薫が八宮の思い出を話した折に、「何であんな田舎に長年いたのか」と聞かれた浮舟はきまり悪くて、扇をもてあそびながら物に寄り伏している。その横顔がぬけるほど白くて、みずみずしい頭髪の間から見える顔など、本当に大君によく似ているので、薫はまた大君が思い出されて感慨深い（東屋1354）。

　このように、浮舟が薫に囲われるまでの過程で、常に薫の心を占めているのは大君の思い出であった。大君の形代となった浮舟の結婚生活はどのようなものになるのであろうか。

匂宮の行動

　匂宮は二条院で遭遇した女のことを忘れることはなかった。何事もなく終わってしまって、くやしく思っていた。二条院から浮舟が消えると、妻の中君が女の居場所を知って隠しているにちがいないと、中君をはずかしめたり恨んだりした。

　中君は嘘の話もできないで、ただただ黙っていた。女房の中に気になる女がいると宮さまとして行ってはならない場所まで捜しに行く、という匂

宮の外聞の悪い本性が分かっていたので、浮舟の居場所を知ったらただでは済まないことを恐れていた（浮舟1）。

　一方、薫は浮舟を妻としたことは世間に知らせず、浮舟が待ち遠しく待っているであろうとは知りながらも、仕事を理由に宇治に行くこともなく、のんびりと構えていた（浮舟26）。もう一度会いたいとあせる匂宮と、大君の形代として浮舟を宇治に放ったらかしている薫の対照を、作者は強調する。

　中君は、宇治で浮舟に仕える女房からの手紙で、浮舟の日常生活について報告を受けていた。その手紙が、受け取り手順のミスで、匂宮の目の前で女童から中君に渡されてしまったため、中君が顔を赤らめたのを（中君宛の）薫からの恋文かと疑った匂宮に取りあげられて、見られてしまった。手紙には「まことに結構な住居ですが、（浮舟には）ふさわしいとは思われません。ときどきそちらに伺って気持ちを晴らしたらと思いますが、恥ずかしくて恐ろしいことがあると考えて気が進まないと嘆いています」とあり、匂宮は、薫があの女を宇治にかくまっていると気づいてしまった（浮舟69）。

　匂宮の部下の大内記は薫の邸に仕えている家司の婿なので、義父を介して薫の私生活を知る立場にあった。匂宮は大内記から、薫が宇治に女を囲っていること、宇治の邸の状況などを聞き出すことができた。中君が嘆いた「宮さまとしては行ってはならない場所まで捜しに行く外聞の悪い本性」そのままに、匂宮は大内記ほか数名を連れて、薫が囲っている女と二条院で不完全燃焼に終わった女が同じであるかどうかを確かめるために、薫が仕事で京にとどまる日の夕方、宇治に向かった（浮舟137）。

　寝殿の南座敷から灯りが見え、格子のすき間から女房が3、4名縫物をしている。女主人は品があり美しく、妻の中君によく似ている。ひそひそ話まで聞こえてくる。薫がやってくる日と浮舟の母親が初瀬詣でに連れ出す日が重なることが心配であるらしく、女房の一人が女主人に「来月はじめに薫がやってくると昨日の使いの者が言ってましたが、手紙でもそのようでしたか」と聞くと、女主人は物思いにふけっていて返事もしない。別

の女房が「匂宮の正妻は政界実力者の夕霧の娘だが、子どもを産んでから匂宮は中君の方を大切にする」「薫が浮舟を大事にしていたら、浮舟は正妻の帝の二の宮にも負けないでしょうに」と言うと、女主人は「聞き苦しいことを言うでない、中君のことを言ってはいけない、漏れ伝わったら困ります」と返した。

　会いたいと心から思っていた女を見つけた匂宮は、そのまま止めることができる性質ではなく、それどころか何とかしてこれを自分の物にしたいと、無我夢中になった。女房たちが縫物を明日に延ばして寄りそって寝始め、浮舟が奥に入って横になった。お付きの女房右近もその足元近くで横になった（浮舟227）。

　匂宮は、以前薫の身代わりとして中君の寝室に忍び込んだように、今回も薫の声に似せて低い声で右近をだまして格子を開けさせ、浮舟のそばで横になった。

　浮舟は薫ではない別人だと気づくとびっくりして大変だと思うが、匂宮は声を出させないようにする。匂宮は、つつましく遠慮しなければならないところであっても押しまくる人なので、ひたすら浅ましく驚きあきれるばかりである。はじめから別人と分かっていたら、少しは嫌がるあしらいもできたが、薫とは別人だとは思わなかったので、夢のような心地でいた浮舟も「二条院ではくやしい思いがした、あれ以来思い続けていた」と話すので、相手が匂宮だと分かった。中君のことを思うと身も細る思いがして、浮舟は限りなく泣き、匂宮もこれからは容易には会えないだろうと泣く。

　しかしながらこの部分は、論理的には乱れている。浮舟は、別人だと思ってそれなりの対応をしようと思っても（匂宮の口で）口をふさがれたので、声も出せなかった。が、すぐその後で、別人と分かっていたならば少しは抵抗できたのに、薫だと思って夢のような心地でいるという文章が続く。つまり浮舟は口で口をふさがれ、続いて押しまくられて夢心地になり、恋の喜びを知らされたのであろう。したがって、次に続く文章は「夜はずんずん明ける」である。時間がどんどんたってゆく、夜は遠慮なく明けてゆく。つまり、二人は夜通し愛し合ったのである。

匂宮は、浮舟をまたとないほどかわいく思い、予定を 1 日延ばして宇治に滞在すると言い張る。だまされて匂宮を浮舟の寝室に入れてしまった右近も善後策に協力せざるを得ない。

　浮舟は、ハンサムで気持ちもおだやかな薫を見なれていたのに、しばらくの間でも見なかったら死んでしまう、と自分に恋い焦がれている匂宮を見ると、愛情が深いというのはこういうのを言うのであろうかとはじめて分かる。これが評判になったら、中君がどのように思うであろうかと、すぐに心配になる。

　いつもは時間がつぶしにくい思いで、霞んでいる宇治の山際を眺めながら物思いにふけっているのに、暮れてゆくのがつらいといらいらしている匂宮に魅かれて、その日はあっけなく暮れてしまった。大変きれいな男と女が一緒に横になっている絵を上手に描いたので、浮舟の心は薫から匂宮に移るであろうと、作者はコメントする。

　夜の明けきらないうちに、とお供は急ぐ。匂宮の魂は女の袖に残ったであろうと、作者はまたコメントする。別れ際、匂宮は「どうして良いか分からない。先だつ涙が道を真っ暗にするばかり」、浮舟は「涙をこの狭い袖で押さえきれないのに、どうして別れを止めることができる私でしょう」と詠む（浮舟300）。

薫と匂宮との間で悩む浮舟

　数日後、薫は少し御用がなくなったので、例によって「こっそりと」宇治を訪れた。

　浮舟は、匂宮のことが思い出されると、空にまで見られているようで薫に会うのがとてもこわい。薫に会うことを匂宮が聞いたらどのように思うだろうかと考えると堪えられない。

　薫は考え深く、美しく、長いあいだ来られなかった言い訳も言葉少なく、恋しい悲しいと率直には言わない。いつも会わないでいる恋の苦しさを品よく、ちらりと言うのが、言葉を尽くして言う以上に心に訴えてくる人柄である。女の扱い方はさておいて、将来長く頼りにできるのは、薫の方が匂宮よりずっと上である。浮舟は、けしからぬ私の心変わりを聞いた

らとても大変なことになるだろう、夢中になって私を愛してくれる匂宮を慕わしく思うのはまことに間違ったことで軽々しいことである、薫に嫌だと思われて忘れられる時の心細さは分かっている、と煩悶する。

　浮舟の煩悶する様子を見て、薫はとり違える。することもない生活で、あらん限りの物思いをし尽して大人になったのだな、と気の毒に思い、いつもより気をつけて話しかける。

　薫が浮舟のために新築中の家のことを話し、春の間にでも移る計画を言う。一方では、匂宮が「安心して住める所を考えついた」と昨日も知らせてきた。浮舟は、匂宮は薫の計画を知らないのだと心が痛む。匂宮になびくべきではない、と思うとすぐに、いつぞやの匂宮の様子が面影に浮かぶので、自分ながら「何と見下げた浅ましい女だろう」と考え続けて泣いてしまう。

　月初めの夕月夜、洲崎に立つ鷺、宇治橋を行き交う柴積舟などなど、二人は宇治川の景色を眺めながら、薫は死んだ大君のことを思い出し、浮舟は自分に加わった不運を嘆いて、お互いに煩悶する。同床異夢の二人である（浮舟601）。

　2月10日頃、御所で作詩の会が予定されていたが、強い風と雪のため中止となって、集まった人たちが皆匂宮の部屋に押し寄せた。

　匂宮が一人さみしく寝ている浮舟を思っている時に、薫が何げなく「衣かたしき今宵もや（古今集の和歌で「さむしろに　衣かたしき　今宵もや　我を待つらむ　宇治の橋姫」)」と口ずさんだので、浮舟を恋しているのは自分一人ではないことを思い知らされた。これほど立派な薫が前からいるのをさしおいて、自分の方になびかせることができるだろうかとねたましく思う。薫は品の良い男の手本にしたいほどで、学才でも、役人としての仕事でも、誰にも負けないのだ。

　嫉妬にかられた匂宮は、無理に無理を重ねて宇治に出かけた。雪の中を夜おそくの来訪で、浮舟までが感動した。翌日の逢引きには、宇治川の対岸に小さな家を用意させてあった。

　有明の月が空高く澄んでいる。小舟で川を渡る途中に常緑樹が茂る「橘の小島」があった。匂宮が1000年ももちそうな緑の深さを「橘の小島で約

束する私の気持ちは年を経ても変わりはしない」と詠むと、浮舟は「橘の小島の色は変わらないが、水の上をただよう私の舟はどこへ行くやら」と詠んだ。

　お供の女房は、右近が味方につけた侍従一人で、右近は邸に残った。浮舟はこの逢引きを侍従にすっかり見られてしまうのをたまらないと思い、匂宮も私の名前を人に知らせるなよ、と口止めした。

　対岸から屋敷の方を眺めると、山は鏡をかけたように夕日を受けて輝いている。匂宮が「峰の雪、岸辺の水を踏み分けて、あなたには迷っているが、会いに来る道には迷わない」と詠むと、浮舟は「岸辺にふって氷る雪よりもはかなく私は中空で消えてしまいましょう」と詠む。中空という言葉は、匂宮と薫の間ととれると匂宮が叱ると「お言葉通り、悪いことを書いた」と浮舟は紙を破いた。

　今回はゆっくりした逢引きなので、お互いに愛し合うという言葉ばかりを交わして、愛情が深まった。匂宮は「浮舟をこっそり連れ出して隠してしまうから、それまで薫と会ってはならぬ」と誓わせようとするが、無理な話だと思って浮舟は返事もできずに涙ぐむ。すると、匂宮は「自分のいる時でさえ薫から気持ちが移らない」と胸を痛める。恨んだり泣いたり、あらん限りの言葉を尽くして、その夜を明かし、夜深く連れて帰る。匂宮は浮舟を抱いて舟に乗せ、舟の上でも抱いて、抱いて舟から降ろす。「薫はこんなにはしないでしょうね、お分かりか」と匂宮が言うと、お言葉通りと浮舟はうなずく（浮舟673）。

　浮舟の母親は、浮舟を近々京に連れて行こうという薫の気持ちをありがたく思い、少しずつ女房を集めては、愛くるしい童を宇治に送ってきている。浮舟は、京に住むのははじめからの理想だと思いながらも、一方で無理強いをする匂宮のことを思い出しては、恨んだり口説いたりする様子が面影にちらつく。ちょっとうとうとすると匂宮が夢にあらわれるので、困ったことになったと悩ましい（浮舟840）。

　匂宮から浮舟に手紙があった。「思いにふけって眺める宇治の方の雲も見えないほどに、心では空が真黒になるこの頃の心細さ」とある。浮舟は若く、特に思慮深くもないので、匂宮になびくはずだが、いろいろと考え

て思い悩む。

　はじめての男である薫は考え深く立派な性質で、匂宮との関係を知って私を嫌いになったら、これからどうして生きていられよう。私がいつ京に移れるかと気をもんでいる母親は、思いもよらないことをする嫌な子だと厄介がるだろう。熱い思いをかけてくれる匂宮は浮気っぽい本性と聞いているので、愛してくれるのも今のうちだけなのではないか。このまま京に隠れて仮に末長く愛する一人として扱ってくれても、匂宮の妻で姉の中君はどう思うであろうか。また、薫の隠れ家に住んだとしても、何もかも隠しきれないこの世のことだし、二条城で私を口説いたあの縁だけで、私の宇治の隠れ家を探し出した匂宮のことだから、自分の京の生活が知られずに済むことはあるまい……。次々に考えてゆくと、匂宮との間違いで薫に嫌がられるのはやはりつらい、と思い悩む。

　ちょうどその時、薫からの手紙が届いた。それを脇に置いて匂宮からの文を読んでいるのを見て、女房の右近と侍従は、「やはり心が移ったのですね」と目と目でうなずいていた（浮舟851）。

　薫の手紙には、「そちらからも手紙を下さい。いつもよりそちらを思うことがまさっている」と、恋文には使わない白い紙に正式な書状形式で書かれていた。「とりあえず匂宮に返事を」と女房にうながされると、浮舟は「今日は書けません」と恥ずかしがって、そこら辺の紙に「宇治（憂し）は私の身のことと思うので、この辺が一層住みづらい気がする」と書き散らした（浮舟890）。

　匂宮が書いた男と女の絵をときどき見ては泣いてしまう浮舟。長くは続かないこととあれこれ考えては、匂宮から離れて会わなくなるのはとてもつらい気がする。匂宮への返事はそんな自分を、「どちらともなく浮ついて世を過ごしている我が身を、あの真っ暗な峰の雨雲にしてしまいたい」と詠んだ。匂宮はこの返事を見て、声をあげて泣いてしまった。そうはいっても自分の方を恋しているだろうと想像して、物思いに沈んでいる浮舟をまぶたに浮かべた（浮舟905）。

　一方、薫への返事は「つくづくと物思いにふける我が身のわびしさを知るこの長雨に袖までが濡れてしまう」とあり、堅物の薫は下へもおかずに

見て、物思いをしているであろう浮舟に会いたくなる（浮舟915）。

　ほぼ同じ時に、匂宮と薫のそれぞれの使者が浮舟に手紙を届けたこの段は、薫が浮舟の密通を知る伏線となる。

　薫は、浮舟を京の新邸に移すのを４月10日と決めた。新築最後の仕上げとなる襖張りの仕事を大内記（匂宮の部下）の妻の父が仰せつかった。このニュースは直ちに匂宮の知るところとなり、都合よく３月下旬に遠国に赴任する乳母の夫の家を借りることができた。赴任のその日に浮舟を移す計画である（浮舟934）。

　浮舟の煩悶と不安は、一層深まり、自分はいったいどうしたらいいのだろうかと、落ち着かない気持ちがするばかりである。しばらく母の所に出かけて思案する時間が欲しいと思うが、母の家も再婚相手の娘の出産で忙しいため、母が宇治にやってきた。

　京の新邸に引っ越す準備で多忙な乳母と満足げな母の様子を見ると、浮舟は匂宮との秘密が漏れて、悪い評判が立ったら誰も彼もがどう思うだろう、と胸が痛む。困ったことを言う匂宮は「幾重の雲が囲む山に隠れても必ず捜し出し、私もあなたも生きてはいられない。やはり気楽に隠れよう」と今日も言って寄こした。浮舟は、どうしようと気分が悪くて横になっていて、「いつになく顔色が悪く、痩せている」と母が驚く。「この頃いつも、このようです。軽いものでも口にせず、しんどそうです」と乳母が言う。浮舟は恥ずかしく目を伏せていた。日が暮れて月が大変明るい。匂宮と小舟で宇治川を渡った時に見た有明の空を思い出し、涙が抑えきれないのはけしからぬ心だ、と思う（浮舟953）。

　母は弁の尼君と話し合い、弁の導きで浮舟が薫と一緒になれたことを感謝する。

　「匂宮の奥様（中君）が預かってくれたのに、申しにくいことが起こり、どっちつかずで（薫から申し込まれ、匂宮におそわれ）身の置き所がない人だと嘆きました」と母が言う。弁が「匂宮はうるさいほど女好きで、利発な若い女房は奉公しにくいのです。そのようなことで奥様の機嫌を悪くしてしまったら困ってしまう、とお付きの女房が言っていました」

と言うのを聞いた浮舟は、「やっぱりそうなのだ。まして自分などは」と横になって聞いている。

　すると母は「薫には、浮舟のほかにも奥方として帝の娘がいます。そのことはどうなってもかまわないと考えることにしますが、浮舟の方で不都合なことをしでかしたら、私には悲しくつらいことであっても、二度と会わないことにします」と話した。

　母の話を聞いて、浮舟は肝をつぶす思いがして、やはり自殺してしまおう、と思った。いずれ外聞の悪いことが出てくるだろう、と考え続けると、ついそこの川の流れが恐ろしいほどに響いて聞こえる。命を失う人が多い川だと、侍女たちも話していた。自分が行方知らずになったら、しばらくの間くらいは、誰もあっけなく悲しいと思うであろう。生きながらえて皆から笑われてなさけない思いをして、嫌な思いが絶えることがないであろうと、死を考えると、何の妨げもなく万事さっぱりする気がする。が、また考えなおしてみると悲しいことだ。

　いろいろなことを注意して帰ろうとする母に、もう二度と会えないで死んでしまうのか、と思うので、京の母の家に伺いたいと慕うが、母は再婚相手の娘の出産で忙しく、それもできない（浮舟976）。

　浮舟は、感情では匂宮を恋していても、理性ではやってはいけないことをやってしまったと反省し、中君、薫、そして母親に合わせる顔がない、死んで謝るしかない、という境地に達してしまった。ここに至るまでに、浮舟が煩悶した心の推移を以下に抜き出す。

・匂宮に侵入された夜：中君のことを思うと身も細る思いがする。
・寝室に侵入された翌日も匂宮に愛され、愛情の深さを知らされた時：中君がどのように思うであろうかと心配になる。
・薫が久しぶりに宇治に来た時：薫に会うのがこわく、薫に会うことを匂宮が聞いたらどのように思うかと堪えられない。薫が心変わりを聞いたら大変なことになる。夢中になって愛してくれる匂宮を慕わしく思うのは、間違っていて軽々しい。薫に嫌だと思われて忘れられる時の心細さを分かっているので煩悶する。

・浮舟の京への引っ越し先について薫が話している時：匂宮になびくべきではないと思うが、匂宮の様子が面影に浮かぶので、自分ながら「何と見下げた浅ましい女だろう」と考えつづけて泣いてしまう。

・京への引っ越しに備えて、母親が新たに雇った女房を宇治に送ってきた時：匂宮が夢にあらわれ、困ったことになったと悩ましい。

・匂宮から手紙が来た時：薫が匂宮との関係を知って嫌われたら、やはりつらいし、どうして生きていられるか悩む。母親は嫌な子だと厄介がるだろう、匂宮の妻で姉の中君はどう思うかと思う。

・母と乳母が話している時：匂宮と小舟で宇治川を渡ったときに見た有明の空を思い出し、涙がおさえきれないのは、けしからぬ心だ、と思う。

　『源氏物語』の中で、一人の登場人物が自殺を決めるまでの心の動きをこれだけ描写している例はない。つまり、『源氏物語』の主人公は浮舟であり、紫式部が意図するテーマは、浮舟の「死と再生」であり、それは、源氏、さらには平安朝宮廷貴族社会の「死と再生」を意味していると考えられる。

自殺を決心する浮舟

　浮舟への手紙を届ける薫と匂宮の使者が度々宇治の邸で出くわすことがきっかけとなって、匂宮の使者が追跡され、浮舟と匂宮の秘密を薫が知ることになった（浮舟1054）。

　その時、薫が思ったことは、「人の心はむつかしい。浮舟は無邪気で鷹揚に見えても浮気なところがある女だった。匂宮の相手としてはちょうどお似合いだ。譲ってもいい。身を引きたい気はするが、正妻扱いする気ははじめからなかったのだから、今のままにしておこう。これきりで会わなくなるとしたら、また恋しくなることであろう」である。みっともないほど、心の中であれこれ迷った。

　一方で「自分が浮舟を放っておいたら、匂宮が呼び寄せるだろう。浮舟の将来を考えることもしないで、飽きてしまったら帝の長女一の宮（匂宮

の姉）のもとへ奉公に出すだろう。今までにも二、三人はいるそうだ。それではかわいそう」と、捨てておけず浮舟に手紙を出した。

薫は「心変わりする頃とも知らないで、待っていてくれるものとばかり思っていたよ」と詠んで、「人の笑いものにしないでください」と付け加えた。浮舟は「あて先が違うように見えますので、変に気分がすぐれませんので、何も」と書き添えて返送した（浮舟1054）。

薫の手紙は浮舟の背信をほのめかしていたので、浮舟は「我が身はお話にならないほどみじめに終わるにちがいない」と思っていると、そこに右近が来て「薫の手紙にどうして返事をしなかったのですか」と言った。右近は手紙を返送するのはおかしいと思って途中で開けて、薫が浮舟の背信を知ったことを知ったのだった。「薫が知ったのでしょう」と右近が言うと、浮舟は顔を赤くして何も言えなかった。

右近が手紙を開けたとは思わず、薫側の誰かから浮舟の背信が右近に伝わったと浮舟は推測すると、自分の周辺でも右近と侍従によって守られてきた秘密がほかの女房たちに知られたら恥ずかしい、と恐れた。自分の心から進んでしたことではないが、なさけない運命よ、と考え込みながら浮舟は横になっている。

右近が言うには、薫の配下の者どもは乱暴な田舎者で、忍んでやって来る匂宮が手荒な扱いを受けるかもしれないので、先だっての舟で対岸に出かけた時などは気味悪く心配したと言う。浮舟は、自分が匂宮に心を寄せたと女房たちが思っているのがとても恥ずかしかった。「薫から匂宮に移ろうと決めたわけではない。匂宮の熱情にはびっくりしているが、薫から離れる気もないので、苦しんでいるのだ。右近が心配しているように、匂宮が乱暴な目に遭ったら自分の責任ではないか」と思っている。

「自分はどうかして死にたい。どこにもないようななさけない身の上だ。このような嫌なことがあるのは、身分のない者の中だって多くはないでしょうに」とうつ伏せになっている。右近など事情を知っている者は皆「心配しないで。以前は心配なことがあっても呑気にしていたのに、このことがあってからはいらいらしているのでとても変です」と心配している。乳母だけは一人、うれしそうに染め物などをやっていた（浮舟1150）。

右近が恐れていた薫の配下の者の乱暴が現実のものとなってきた。恐ろしげな老人が宇治の邸にやってきて右近が会った。老人は薫に呼ばれて京に行き、警護をきびしくやるようにと注意されたとのことだった。最近、素性の分からない男が女房のもとに出入りしているという話が薫の耳に入り、けしからんことだ。不都合があったら処罰すると薫から厳命されたという（浮舟1269）。

　その話を聞いて、浮舟はいよいよ、すぐにひどいことになってしまう我が身らしいと思う。「どっちにしても、どちらの側にも、わずらわしいことが起こるだろう。自分一人がいなくなれば丸く収まるだろう。生きながらえたら、きっとつらい目に遭うに決まっている。自分が死んでしまうのは何のおしいことがあろう。親だってしばらくは嘆き悲しむだろうが、たくさんの子どもの世話で、いつしか忘れてしまうだろう。生きていて間違いを犯し、人に軽蔑されながらさまよっているのは死ぬ以上に嘆きが深いであろう」などと考える（浮舟1300）。

　ここで作者の注目すべきコメントが入る。
「児めきおほどかに、たをたをと見ゆれど、気高う、世のありさまをも知るかた少なくて、おふしたてたる人にしあれば、少しおずかるべきことを、思ひ寄るなりけむかし」
　このコメントは『源氏物語』を根底から理解するために必須であると思われる。これを私なりに解釈すると、「子どものようにおおらかに、しとやかに見えるけれど、気高く、世の有り様をほとんど知らないまま育てられた人なので、少しこわいようなことを思いついたのであろうよ」となる（浮舟1312）。

　つまり作者は、気高く育った浮舟、朝廷貴族社会の価値観（世の有り様）を知らずに育った浮舟、さらに子どものように純粋無垢でおっとりとしとやかな浮舟を描いているのである。

　作者が、世の有り様（京の朝廷貴族社会の価値観）に汚染されていない、地方育ちの浮舟を「気高い」と形容している点に注目したい。匂宮と薫の末世的な恋愛遊戯の犠牲者となった浮舟が、もがき苦しみぬいてたどり着いた結論が自殺であった。そのような浮舟を、作者は「気高い」とし

ているのだ。

　浮舟は、薫に囲われている身でありながら、お付きの女房右近の職業上のミスによって、否応なく匂宮と性的な関係をもたされてしまった。薫にとって浮舟は、亡き大君の代替的な存在であるので、薫の世話の仕方が不十分で、長いあいだ置き去りにされていた時でもあった。また、匂宮の激しい情熱に圧倒されて、心が匂宮に傾いてしまったことは確かである。

　しかしその時でも、匂宮の妻中君に対する申し訳ない気持ちが常にあり、薫に対する尊敬と感謝の気持ちを失うことはなかった。当初は女房の右近と侍従の取りはからいによって、秘密が保たれていたが、薫に気づかれたことが明らかになると、深刻な事態におちいった我が身を否応なく知らされた。

　漏れ聞こえた母親の会話から、自分が男女の問題で間違いを犯したら、親子の縁を切られることを知った。浮舟にとっては、人に軽蔑されながら生きているのは、死ぬことよりもつらいことだった。

　以後の話に出てくる浮舟の決心（浮舟1336）を前もって紹介すると、「匂宮を選びなさい、私がいかようにも取りはからいます」とすすめる右近に対し、浮舟は「そうなっていいと、思っているのならともかく、とんでもないこととすっかり分かっている」と断言する。そして、浮舟は自殺を決行する。

　「浮舟は二人の男から一人を選べなくて自殺した」と解釈する場合が歴史的に存在する。その場合、「気高い」浮舟に違和感が残り、世の有り様（京の朝廷貴族社会の価値観）が肯定的にとらえられ、浮舟はそれを知らない田舎者となってしまう。宮廷貴族社会にどっぷりつかった右近の発言にあるように「どちらかを選ぶ」ことができたら、浮舟は死ななくても良かったのだ。次に挙げる現代語訳の例はその立場にたっている。

・円地文子訳：「子どもらしくおっとりとたおやかに見えるけれども、
　　ただ上品にとばかり、世間のことを深く知らされずに田舎で育てられ
　　た人であるから、普通ならこわがりそうなことも、気強く考えついた
　　のであろう」

・与謝野晶子訳：「子どもらしくおうようで、なよなよと柔らかな姫君と見えるが、人生の意義というものを悟るだけの学識も与えられずに成長した人であるから、自殺というような思いきったこともする気になったらしい」

「気高い」という形容詞は、次に示すように、浮舟のほかにも、同じ文脈で玉鬘にも使われている。

「母親（夕顔）は若やいでおっとりして、なよなよと柔らかだったが、この方は気高く、態度などもこちらが恥ずかしくなるぐらいで、奥ゆかしくていらっしゃる」と右近は、玉鬘を育てた乳母に感謝した（玉鬘491）。浮舟も玉鬘も地方で育てられている点が似ている。紫式部も娘時代に越前で生活している。16世紀に新大陸を旅したヨーロッパ人が、キリスト教徒よりキリスト教的な人がいると述べたが、同じように紫式部も地方で、京には乏しい人と人の間の信頼関係を観察したのではないかと考える。

死を決意した浮舟は少しずつ、手紙を灯火で焼いたり水に投げ入れて片づけた。「匂宮が心を込めて書いた文を破るのは心ないことです」と侍従が言うと、「長生きできそうもないので、死んだ後に残ったら、匂宮にも迷惑をかけるでしょう」と答えた。いろいろ心細いことを考えていくと、自殺などなかなか決心できそうにないことであった。親を残して死ぬ者は、特に罪が深いと聞いたことを思い出す（浮舟1316）。

『源氏物語』には手紙を焼く場面が二つある。もう一人は源氏で、出家の日が近づくと紫の上からのものも含めて手紙類を全部焼いた（幻501）。二人に共通しているのはこれから「死と再生」の旅に向かうことである。

源氏の場合、藤壺との不倫、女三宮や朧月夜との浮気が紫の上を苦しめ死に追いやったことなどなど、死にも値する自らの過去を反省し、仏に許しを乞い新しい自分を発見することが「死と再生」であった。浮舟の場合は、自らの過去を死に値すると自分で判定し、後に分かるように仏に救われて、出家して仏の道で新しい自分を発見することが「死と再生」である。

最後の1日

　匂宮が用意していた家の主人は3月28日に任地に下る予定で、「その日に迎えに行くから、気づかれないように」と匂宮は書いてきた。浮舟の邸は乱暴な田舎者によってきびしく警護されているので、匂宮が粗末な格好で迎えに来ても、この部屋まで来れず、話すこともできず、来たかいもないと恨んで帰る姿を想像すると、いつものように匂宮の面影が目にちらついてこらえきれずに悲しく、浮舟は手紙を顔に押しつけて、激しく泣き出した。

　それを見て右近は、「よろしいようにお返事してください。私が付いていますから、大それたことをたくらみましょう。私が手を貸せば、このような小さな体一つくらい、匂宮に連れ出してもらえます」と言った。浮舟はしばらく涙を抑えてから「こういうふうにばかり言うのが嫌なのです。そうなっていいと思っているのならともかく、とんでもないこと、とすっかり分かっているのです」と言って、匂宮へは返事も出さなかった（浮舟1335）。

　この場面、浮舟の感性と理性の対立が明白になっている。感性では匂宮に恋していることがはっきりするが、理性では薫を裏切って匂宮についていくことを否定している。また「よろしいようにお返事してください（どちらかを選べばいい）」という右近の意見は、当時の朝廷貴族社会の風潮を反映しているのであろう。

　帝の伴侶である藤壺と朧月夜と密通する源氏、友人である頭の中将の娘玉鬘を友人が捜していることを知りながら自分の邸に置いて言い寄る源氏、匂宮の妻中君と一晩を過ごす薫、薫が囲っている浮舟の寝室に忍び込む匂宮。これらの朝廷貴族の行動が当時の風潮を代表している一方で、地方で育った浮舟と玉鬘は人と人との信頼関係、つまりヒューマニズムに基づいた行動ができる人である。紫式部が「高貴な」と形容するのがどちらであるかは明白である。つまり『源氏物語』はヒューマニズムの物語なのである。

浮舟からの返事がこないので、匂宮は「慕ってくれていたのに、しばら
く会わない間に薫やお付きの女房たちに説得されて、心変わりしたのでは
ないか」と残念でねたましく、恋しさは晴らしようもなく心に広がった。
いつものように一途に決心して、宇治に向かった。

　邸の近くまで来ると、「あれは誰か」という幾人もの声がする。いった
ん下がって、手紙の使者として内部の事情に詳しいものが行っても詰問さ
れたが、手紙を届けに来たと言って、右近の手下を呼び出したが、「今宵
はとても駄目です」と右近の意見が伝えられた。次に交渉に長けた使者
が、「何とかして侍従に会って来い」と送られ、ごまかしごまかし侍従を
導き出した。右近と同じようなことを言う侍従を匂宮の所まで連れて行
くと、侍従は匂宮にも同じようなことを言うのがやっとであった。夜が
ふけ、怪しんで鳴き続ける犬を追い払うと、弓を持った男たちが「火の用
心」と叫んでいる。匂宮一行は京に帰らざるを得なかった（浮舟1358）。

　右近と侍従から話を聞きながら、浮舟は泣きに泣いて、心が乱れ、横に
なって返事もできずにいる。一方で、こんな姿を右近と侍従がどう見てい
るであろうかと気にかかる。翌朝も、泣き腫れた目を気にしていつまでも
横になっている。形ばかりに帯を結び、お経を読む。親に先だつ罪を許し
てくださいとくり返す。

　手紙類を処分しても、残しておいた匂宮が描いた男と女の絵を取りだし
て見ていると、描いた時の手つきや美しい顔が思い出され、匂宮と向かい
あっているような気がして、昨夜一言も話ができなかったことがとても悲
しく感じられた。京の新居でゆったりして会いましょうと、末長く変わら
ないと約束し続けてくれた薫もどんなにか嘆くであろうかと気の毒に思っ
た。死んだ後で、嫌なことを言われたりするのが恥ずかしいが、思慮が浅
いけしからぬ女と世間から笑われるのを薫に聞かれるよりは、などと考え
続けて、「嘆き苦しんだあげく（入水自殺で）、我が身を捨てるとしても、
死んだ後で嫌な噂が流れるであろうことが気にかかる」と詠んだ（浮舟
1430）。

　感性では匂宮を愛し、理性ではそのことを許さない浮舟。生きて思慮が

浅いけしからぬ女と笑われるのは耐えられないと、入水自殺を決心する。自らの名誉を守るための覚悟の上での自殺である。

　母親も恋しく、いつもは思い出しもしない、格好の悪い異父兄弟も恋しい。腹違いの姉で匂宮の妻中君を思い出すと、皆もう一度会いたい人が多くいる。

　夜になると、人に見つけられないで出て行く方法を思案して寝られず、気分が悪く病人のようになってしまった。夜が明けると、川の方を見ながら、屠所に引かれる羊の足どりよりも死が近い気持ちがする（浮舟1449）。

　匂宮から切ない思いを訴える手紙があった。今まで死ぬことを隠してきたので、そのことが漏れるような返事をしてほかの人に見られたら、と思うと思う存分には書けないので、ただ「亡き骸さえこの世に残さないように死んだら、墓がないのですから、あなたが恨みを持っていく場所がありません」とだけ書いて使いの者に持たせた。

　薫にも最後の様子を書きたいけれど、両方に書き残したら、いずれお互いに見せ合うだろう。つまらないことが話し合われ、世間にも漏れるのでは困る。どうなったのか、誰にも分からないように死んでしまおう、と考えなおす（浮舟1457）。

　使いの者が、京の母からの手紙を持って来た。夢に我が子の不吉な姿があらわれたので、驚いてあちこちのお寺に御身安泰の祈願の読経を頼んだ。すぐにも宇治に飛んでいきたいが、再婚相手の娘の出産騒ぎで家を離れられない。京の寺に頼んだだけではおぼつかないので、宇治の寺にも頼むようにとお布施まで送ってきた。自分がもう最後と思う命のことも知らないで、このように長々と書くのも、悲しいと思う。

　使いの者が、お布施を持って宇治の山寺に行っている間に、「お母さんが見たこの世の夢には迷わないでください。来世でまた会うことを期待してください」と返事に詠んだ。使いの者がお布施を運んだ山寺では読経が始まり、鐘の音が風に乗って伝わってくる。横になって、自分のための読経の鐘の音をしみじみと聞きながら、「あの山寺の鐘の音の、もう絶えよ

うとしているあの余韻に、私の泣く音を添えて、私の命も終わったと、母に伝えてください」と詠んだ。使いの者が今夜はもう京には帰れません、と言うので、木の枝に結びつけておいた。今夜使者に渡したのでは自殺の計画が知られてしまう、明朝にはもう死んでいるので渡せないからである（浮舟1467）。

浮舟の乳母は、浮舟が薫と一緒になり、京で生活することを念願してきた。「食事しないのはいけません、湯漬けを」などとよけいな世話を焼いている乳母は、とても醜く年を取った。自分が死んだらどこに行くのだろうと考えると、胸が迫る。自分は、とうていこの世に生きながらえていられないと、それとなく知らせようと思うが、言う前に涙があふれ出て何も言えない。右近がそばに寝て、「どちらか一方に決めて、後は運を天に任せなさい」とため息をつく。浮舟は、やわらかくなった布を顔に押しあてて、横になっていた（浮舟1492）。

続く「蜻蛉」の巻の前半では、浮舟の行方不明に対処した右近と侍従の活躍、浮舟自殺が匂宮と薫に及ぼした影響について描写される。

翌日、浮舟の行方が不明で、宇治の邸は大さわぎとなった。浮舟が宇治川に身を投げて、自殺を決行したことを正確に推測できたのは右近と侍従の二人であった。匂宮にだまされて、匂宮を浮舟の寝室に通してしまった右近と侍従は、身近で浮舟の世話をしながら、浮舟の自殺を予測し防げなかった責任を自覚した。さらに、浮舟が宇治川に身を投げたとすると、遺骸は海まで流されて、見つからない可能性が高く、見つかるとしてもいつになるか分からない。遺骸がないと葬式もできないし、しばらくの間でも母親、薫、匂宮そして世間への説明をどうしたら良いのか、右近と侍従は、大きな問題を抱えてしまった（蜻蛉1）。

浮舟の自殺を知っている右近と侍従の二人は、その日のうちに真相を母親だけに話して、葬式を決行してしまった。火葬場に向かう車には、浮舟が使っていたすべての衣類、調度品、寝具を詰め込み、身内の僧侶数人によって葬儀を済ませてしまった（蜻蛉146）。

前日に、浮舟から様子ありげな文（亡き骸さえこの世に残さないように

死んだら、墓がないのですから、あなたは恨みを持っていく場所がありません）を受けた匂宮は、胸さわぎがして、使者を宇治に派遣した。薫が隠したのではないかと匂わす使者に対して、侍従は「薫から（心変わりする頃とも知らないで、待っていてくれるものとばかり思っていたよ）というわずらわしい文がある一方で、母親や乳母は薫に嫁ぐ支度をしておりました。本人は匂宮のことを慕っていましたので、気が違ったのでしょうか、進んで命を縮めたようです」と説明した（蜻蛉34）。

　薫は、母の女三宮の病気で石山寺に参籠していたので連絡が遅れ、翌日になって使者がやって来た。女房二人は、ただ涙におぼれていることだけを口実にして、はきはきとも答えずに切り抜けた。薫は京に戻っても勤行に明け暮れた（蜻蛉213）。

　匂宮は、浮舟を失って意気消沈し病の床についた。病の原因を周囲に気づかれないように注意を払って、多くの見舞いの面会を避けていたが、薫は病床の匂宮に対面する。匂宮が、ただただ涙に暮れる様子から、浮舟のことばかりを思っていることが、薫にははっきりと分かった。匂宮と浮舟は、たんなる文通だけでなく、もっと深い関係があることを確信した（蜻蛉257）。

　不安にかられて、薫は自ら宇治に向かった。「匂宮のことよ。いつからのことなのか。けしからぬくらい、女の心を迷わしてしまう匂宮のことだから、浮舟は、いつもは会えない苦しさに、身をなきものにしたのだと思う。ぜひ言え。何事も隠すなよ」と右近に迫った。問い詰められた右近はもはや逃れるすべはなく、匂宮と浮舟のそもそものいきさつから話を切り出す。「浮舟が、匂宮の奥方の所にひそかに身を寄せたところ、驚きますことに思いもよらない時に、匂宮が入ってきましたが、乳母が手きびしく注意して、匂宮は出て行きました。怖じ気づいた浮舟は、御存じの見苦しい家に移りました。匂宮の耳には入るまいと過ごしていましたが、どうして聞き込んだのか、この2月の頃から便りを頂くようになりましたが、浮舟はご覧にはなりませんでした。勿体なく失礼に当たると、私が申しましたので、1、2度は返事をしましたでしょうか。そのほかのことは知りません」。

右近としては、そう言うに決まっているのだ。薫は、無理に問い詰めるのは気の毒だ、と物思いにふけり「自分がこの宇治に捨てておかなかったら、どんなつらい生活であっても、身を投げたりしなかったろうに」と、宇治川を嫌に思うこと甚だしい（蜻蛉478）。

　ここでの「捨てておかなかったら」は、原文では「放ち据えざらましかば」である。自分の大切な思い人に使う表現ではない。『源氏物語』の最後の文章では、同じこの行為に「落としおきたまう」が使われている。

　薫は、浮舟の母親に使者を遣わして、以下の内容を口頭で伝えた。「娘御の世話をすると言って実行しなかったので、いい加減な男と思うかもしれないが、その埋め合わせを、浮舟の亡き今、せめて実行したい。幼い弟たちもいると聞いている。朝廷に出仕を思うなら力になろう」（蜻蛉629）。ここで浮舟の腹違いの弟が登場し、物語の最後の場面で弟は薫に仕えている。

　「蜻蛉」の巻の前半に語られる浮舟の自殺のその後では、右近と侍従の活躍が目立つ。遺骸のない葬式をその日のうちに強行し、匂宮と薫それぞれに二人が傷つかないように、嘘ではないが本当でもない説明をして、一件落着させる腕前は見事ではなかろうか。

　『源氏物語』の中で役目をしっかりこなす女房は、ほかにも靫負命婦と王命婦がいる。母の桐壺更衣が早く亡くなった幼い源氏は、母の実家で祖母に育てられている。早く参内するようにとの帝の命を受けて、靫負命婦は草深い実家を訪れ、源氏をそばに置きたい祖母と、夕暮れから深夜にいたるまでしんみりと祖母の心ゆくまで話し相手となる。王命婦は藤壺と一緒に出家し、短歌を添削し、藤壺の代わりに御所で幼い冷泉東宮の世話をする。これらの女房たちは『源氏物語』の中で埋もれているが、私ども実直たらんと努める労働者には光り輝いて見える。紫式部の立ち位置がこれら有能な朝廷労働者にあると言えるのではないか。

　「蜻蛉」の巻の前半で、作者は浮舟の投身自殺のその後を匂宮と薫を軸として描写すると、後半では話を一転させて、投身自殺などなかったように匂宮と薫二人の遊び人の宮廷生活に展開させる。

「蜻蛉」の巻に続く「手習」と「夢の浮橋」の巻では、浮舟の出家が主題なので、二人が女を追いかける「蜻蛉」の巻の後半部分は『源氏物語』全体の中で浮いた存在となっている。重々しい浮舟の出家の話に比べると、二人の宮廷生活が実に浅薄なものであるかが際立っている。

しかしこの部分で、のちの物語の展開の伏線ともなる女性三人と、その三人によって話される浮舟失踪についての噂話は記憶に残しておきたい。

女性三人とは、匂宮の母で今上帝の中宮（源氏の娘で明石の姫君）と、今上帝の長女である一の宮、一の宮に仕える小宰相である。小宰相は薫が情けをかけている女房で、匂宮の誘いには応じないめずらしい女性として描かれる。中宮は小宰相を「匂宮のみっともない振る舞いに気づいているのは感心です。あの癖を何とかしてやめさせたいものです」とほめて、末っ子匂宮の悪い癖が心配の種であることを漏らす。

三人は、集まっている場で「薫が亡くした人は、匂宮の妻の腹違いの妹です。その女君に匂宮が忍んで通っていることが薫の耳に入り、薫が邸の警護をきびしくしたので、匂宮は訪ねても邸に入ることができずに帰りました。女も匂宮を慕っていたので身を投げたというので、乳母たちは泣いているそうです」と、浮舟の入水自殺を話題とする。中宮はその場の女房たちに、このことを話さないようにと指示した（蜻蛉905）。中宮と一の宮と小宰相が、宇治の事件の概要を知っていることを私ども読者は記憶に残したい。のちの物語の展開の伏線となる。

その後の浮舟

帝室御領の宇治の院は今は誰も住んでないが、時たま初瀬詣での旅人が宿としていた。横川の僧都の母尼と妹尼の一行が、数人の弟子の法師に付き添われて初瀬詣でをした帰路、母尼の気分が悪くなり、ひどくなる一方なので、知らせを受けた僧都は、山籠もりの修行中であるにもかかわらず、山を下りて、加持祈禱のために一行に加わり、宇治の院を宿とした（手習1）。住む人もない建物は、荒れはてて気味悪く、僧都は、経を読ませて屋内の空気を清め、一方では、周囲を見回らせ、安全の点検をさせた。たいまつを灯して神殿の裏側に回った法師たちは、木の下に広がって

いる白いものを見つけ、狐が化けた人ではないか、と考え、僧都を呼びに行った。

　寝殿の裏側に広がる木立の中の大きな木の根元に寄りかかって座り、泣いていたのは浮舟だった。浮舟は上着を引かれると、顔を隠して一層泣いた。上着を脱がせようとすると、うつ伏して声をたてて泣いた。死んでしまいそうで、死なれると宇治の院が穢れるので、院外に捨てようと言う法師もいた（手習33）。

　僧都は「ほんとに人の姿だ。その命がまだ絶えないのを目に見ながら、捨てるとはもってのほかのことだ。池に泳ぐ魚や、山に鳴く鹿でさえ、人に捕えられて死のうとするのを見て、助けずにいるのは悲しい思いがしよう。人の命は長くもないものだが、残りの命は１、２日でも大切にしなければならないのだ。鬼にでも神にでもかどわかされ、人に追い出され、人にだまされたにせよ、これは非業の死をとげる運命の者のようだ。仏のきっとお救いなさるはずの人のうちだ。やはり試しに、しばらく薬湯など飲ませなどして助ける工夫をしよう。その結果死んだら言うこともない（手習96）」と言って、浮舟を屋内に入れさせた。弟子の中には「困ったことだ。ひどく重い病気でいらっしゃる方（母尼）の近くに、たちの良くないものをかつぎこんで、穢れがきっと出てくることだろう」と文句を言う者もいた（手習１）。

　横川の僧都は仏教の形式にとらわれずに、ヒューマニズムの観点でものを考えて行動できる人で、作者紫式部の分身である。母尼の命が危ないと聞いて、山籠もりの勤行を中断してでも山を下りて命を救いに向かった。今またここで、仏教の形式を言う弟子たちの反対を押し切って、浮舟を助けようとしている。

　僧都の妹尼は、死んだ娘が生き返ったようでうれしい。「何かおっしゃいな、どういうわけでここに」と尋ねるが、浮舟は気もつかない様子。薬湯を口にすくい入れるが、ひたすら弱ってゆき、息も絶えてゆく様子である（手習126）。

　浮舟はときどき目を開いて、涙を絶え間なく流すので、妹尼は「娘の代わりに仏から授かった、と思っているのに、亡くなられたら、またつらい

思いをする。前世の定めでこうして会っているのだから、少しは何かおっしゃい」と言い続けた。浮舟はやっとのことで「生き返ってもつまらない役に立たない者です。人に見せず、夜、この川に投げ込んでください」とかすかな声で言う。妹尼が「たまにものを言ってくれたのに、ひどい。どうしてそんなことを言うの。どうしてあんな所にいたの」と尋ねると、浮舟はもう何も言わなくなってしまった（手習150）。

　浮舟は、ぐったりとして起き上がることもなく、心配な容態が続いているので、妹尼は結局は生きていられない人なのかと思いながら、放っておいたりするのもかわいそうでたまらない（手習209）。

　浮舟が身投げをしたのは3月末であった。4月、5月が過ぎて、世話のしがいもなく困りはてた妹尼は「もう一度下山して、この人を助けてください」と兄の僧都に書き送った。「こういう宿縁があって私が見つけたのだろう。どんな因縁か試しに助けてみよう。それで駄目なら寿命が尽きたのだと諦めよう」と、僧都は再び山を下りてきた。

　妹尼は喜んでこの数か月の様子を話す。「長く患っていても、特に悪いという症状は出てこないで衰弱もしないで、もう駄目だと見えてもこんな状態ながらも生きているのです」。すると僧都は、「確かに優れた器量の方だね。前世の功徳があればこそ、こうした姿にも生まれたのでしょう」と修法を始めた（手習215）。

　朝廷からのお召しを受けず、深く籠もっている山を出て、特に理由もなくこんな女性のために修法をしているという噂が立っては聞き苦しいことだろう。僧都はそう考えて「私は破戒無慚な法師で、守るべき戒律のうち破った戒は多いが、女の方面については、まだ悪口を受けていない。しくじったこともない。60歳を超えて、今になって人に非難をあびせられるのは宿命なのであろう」と弟子たちに言った。「けしからぬ者が、ことを不都合に言いふらす場合には、仏法の恥になりますぞ」と機嫌が悪い（手習243）。

　この僧都は、浮舟を守るために再び山籠もりの修行から抜け出して下山した。仏教の修行や戒律よりも人の命を優先させることができる人で、ヒ

ューマニズムの原点を見る思いがする。16世紀の神学者が奥の細道に迷い込み、「針の上に天使が何人まで乗れるか」というような微細な議論に夢中になっている時に、普通の若いキリスト教徒から「そんな議論はキリスト教と何の関係があるのか、人間であることと何の関係があるのか」という問いが起こったのが、ヒューマニズムの始まりであるとされる。この僧都、つまりは紫式部の思想哲学は、まさしくヨーロッパのヒューマニズムを先取りしたものではないであろうか。

　僧都が一晩じゅう加持祈禱した暁に、浮舟にとりついた物の怪が駆り出されて「この人（浮舟）は、我が心からこの世を恨んで、何とかして死のうと夜昼言っていたので、暗い夜に一人でいるところをさらったのだ。ところが、観音があれこれとこの人をお守りしていたので、この僧都に負けてしまったのだ。もう退散しよう」と大声をあげた（手習255）。
　この場面、物の怪が言う「**観音があれこれと浮舟を守った**」という科白に特に注意したい。『源氏物語』の中で、もっとも重要な科白ではないだろうか。浮舟が自殺を決めた時にはすでに、仏に守られていたのである。自殺を決行しても二度にわたって、一度は宇治の院で、もう一度は妹尼の家で、横川の僧都の手によって命を救われ、その後、僧都に導かれて出家する。
　つまり、浮舟は仏の子なのである。原文では、「守る」の「動詞」に「はぐくむ（育む）」が使われている。『源氏物語』は、仏が育んだ子、つまり仏の子（浮舟）を必要としていたのだ。

　浮舟は少し意識がはっきりし、気分がさわやかになって周りを見回しても知った人の顔はなく、見知らぬ国にやってきたようで悲しい。住んでいた場所も自分の名前も確かな記憶がない。ただ自分は、最後だと決心して身を投げた人間のはずだ。ひどくつらいと思案に暮れて、皆が寝た後、妻戸を開けて外に出ると、風が激しく吹き川の波も荒々しく聞こえた。この世から姿を消そうと決心はしたものの、死に損なって恥ずかしい姿で発見されるよりは、鬼でも何でも食い殺しておくれ、とぬれ縁に座っていると、きれいな男が寄ってきて、さあいらっしゃいと抱っこされる気がし

て、その男は宮と呼ばれる人であろうと思った時から意識がぼんやりしてきた。するとその男は自分を見知らぬ所に座らせて、消えてなくなったように思われたので、ついに決心も果たせなかったとひどく泣いた。ここまではぼんやりと覚えているが、その後のことは何一つ記憶にない（手習272）。

　人の言うのを聞くと、多くの日にちがたっていた。こんな見苦しい格好を見知らぬ人に介抱されて見られたことだろう、と恥ずかしく、とうとうこうして生き返ったのか、と思うとくやしくてひどく悲しくなった。心の中では、やはり何とかして死にたい、と思い続ける（手習294）。

　浮舟が、「尼にしてください。そしたら生きていけるでしょう」と頼むので、僧都は浮舟の頭頂部の髪を少し切って五戒だけを受けさせ、「今はこれぐらいにして、まず病気を治しなさい」と言って山に帰った。浮舟にとっては、入道への準備ステップとしての意味があるが、僧都と妹尼にとっては、若く美しい浮舟の入道などには反対で治癒を仏に祈願する意味でしかなかった（手習310）。

　亡くした娘の代わりのように、浮舟を看病してきた妹尼は喜ぶ一方で、浮舟が心を許さずに何も話してくれないので、あなたは誰でどうして宇治の院にいたのか、無理に問うた。浮舟は「気を失っていた間に皆忘れたのでしょうか、ただかすかに思い出すことは、生きていたくないと思い続けて、縁側近くでぼんやり考え込んでいた時に、庭先の大きな木があった下から人が出てきて、私を連れて行くような気がしました。それ以外のことは自分が誰かも思い出せません。世の中にまだ生きていたのだと、人に知られたくありません」と言って泣いた（手習321）。

　妹尼の家がある小野の里は、川水の音もやわらかで、庭の手入れも行きとどいている。秋になってくると、空の様子も心にしみるようだ。
　尼たちは、月が明るい夜に琴や琵琶を弾いて楽しんでいる。浮舟は父もなく、常陸などの田舎で暮らした境遇で、のんびりと音楽などするようなチャンスもなかったので、気のきいた趣味もないまま大きくなったものだ、と思い出す。やはり言いようもなくはかない身であった、と自分なが

らなさけない。手習に「涙ながらに身を投げたあの速い瀬をせきとめて、誰が救い上げてくれなどしたのかしら」と書いた。思いのほかにつらいので、これから先のことも不安で、気がめいるほど心配になってくる。

　月が明るい夜、尼たちは品よく歌を詠み、昔のことを思い出していろいろな話をするが、浮舟は返事のしようもない。物思いに沈んで「自分がこうして世の中で生きていると、あの月が照らしている都では誰が知っていよう」と詠んだ。

　もうこれまでと思った時は、自分の身の回りの人、腹違いの姉の中君、格別親しくもない義理の弟、妹など恋しい人もたくさんいたが、今はただ、途方に暮れているであろう母、どうかして私を人並みの身分にしようとあせっていて今はがっかりしているだろう乳母、隠しごとをせず親しく相談していた右近が思い出されてくる（手習355）。

　ここで道化のようにして、妹尼の亡くなった娘の婿さんだった中将が登場する。中将の弟が僧都とともに山で修行しているので、ときどき弟を訪ねて山に上るのだが、途中にある妹尼の家に寄ることがあり、妹尼も婿さんだった中将を歓待する。

　中将は、奥の部屋にいる浮舟の後姿を偶然に垣間見てから、浮舟の虜になってしまう。浮舟にあれやこれやと手紙を届けるのだが、浮舟は一切相手にしない。この家に昔からいる尼の中には、婿さんに味方して、二人が一緒になれば良いと思う人もいる。手紙を届けるだけでなく、手引きをしてしまうことだって心配されるので、浮舟の不安は大きい。

　「この上なく不幸な運命だったと見限った命さえ、なさけなくも生き延びて、今後どんなふうに流れてゆくのか、すっかり死んだものと、人に見捨てられて終わりたい」と浮舟の不安は尽きない。中将からの手紙がひっきりなしに来ると、「わずらわしいことだ。男の心は無鉄砲なものだったのだ、と昔に気がついたことなどを思い出すにつれ、やはりこうした恋愛感情を、相手に捨てさせるような尼姿に早くしてください」と、尼たちをまねてお経を読んでいる（手習408）。

　そのような時、妹尼は初瀬詣でを計画する。亡くなった娘の代わりに浮

舟を与えられたことに対するお礼詣りの意味がある。浮舟も誘われたが、浮舟は「昔、母や乳母に言い聞かせられて、何度も何度もお参りしたが、何にもならなかったようだ。自分の命さえ思い通りにならず、またとないような悲しい目に遭うとは、と、とてもなさけなく思うにつけ、知らない人について、そんな遠出するなんて恐ろしい」と思って断った（手習713）。

　妹尼が初瀬詣でで留守の時に、中将から手紙がきたが、浮舟はまったく関心がない。すると、月が出て美しい頃に中将自らやって来た。浮舟が奥深い部屋に逃げ込むと、「山里の秋の夜明けのしんみりした心も、物思いするあなたなら理解するものです。自然と心が通じ合うはずです」と、中将に味方する尼を介して言ってくる。尼が「返しのないのは、常識知らずです」とうながすので、「人の世はつらいものと考えもせずに暮らしているこの私を、物思う人だと他人のあなたが分かるのですね」と返事としてではなく、尼が口頭で伝えた。すると中将は「ほんのちょっとでも出てきてください、とすすめてこい」と当たり散らす。尼は取って返して浮舟の逃げ込んだ部屋に入ると、そこは母尼たち年寄りの部屋であった。中将は口説きあぐねて帰らざるを得なかった（手習768）。

　夕方から寝る老人たちは、合唱しているようにものすごい鼾をかいていて、とても心細い。となりに寝ている母尼がせき込んで起きてしまった。となりがいつもと違うので「変だね、これはどなたじゃ」と顔を向けてくるので、白髪のいたちが食いに迫ってくるような気がしてとてもこわい。みじめな姿で生き返り、人並みの身体に回復してみると、今のこのこわさだけでなく、過去のさまざまなつらかったことを思い出す。中将のわずらわしく嫌な懸想にも心を痛めなければならない。でも、もし死んでいたら罪を犯した私が行かねばならない地獄では、母尼のこのこわさよりも、もっとこわい鬼の中にいることであろう、と考える（手習805）。

　眠れないままに、昔のことを思い続けていると、一層とつらい。父親の顔を見たこともない。たまたま捜し当てて、うれしいとも頼りになるとも思った姉君とも、二条院における匂宮の乱暴で絶えたままになった。正妻ではないが世話をしてやろうと言ってくれた薫によって、自分の不幸せも

慰められそうになったとたんに、浅はかにも身を誤ったのを考え詰めてゆくと、匂宮をちょっとでも好きだと思った自分の心がほんとにいけなかった。ただあの方とのご縁で流れ流れたのだと思うと、橘の小島の常緑色を見ながら末長い愛を誓ってくれた匂宮をなぜ素敵だと思ってしまったのだろうと、今はすっかり熱の冷めた気がする。最初から、情は薄くともゆったりした態度の薫を、あの時はこの時はなど思い出すと、匂宮とは比べものにならないのだった。

　こうして生きていたのだと薫に聞かれる時の恥ずかしさは、誰よりも強いにちがいない。それでもこの世で、よそながらでもいつか薫を見るであろうか、とふと思い、いやいやその了見がいけないのだ、と心ひそかに思いなおす（手習831）。

　浮舟が、「もし死んでいたら、自分はあの世でもっとこわい目に遭わねばならない」、また「匂宮をちょっとでも好きだと思った自分の心がほんとにいけない」と回想する場面は、中将という道化役の存在によって導かれていて、浮舟の「死と再生」をドライブさせるエネルギーになっている。そして浮舟が「再生」つまり出家を果たす次の場面へとつながっている。

　妹尼が初瀬詣でで留守の時、僧都が宮廷に呼ばれて、途中の妹尼の家に寄ることになった。今上帝の一の宮（明石の中宮の長女、匂宮の同腹の姉）の病状が重く、延暦寺の座主の加持祈禱では回復が思わしくないので、僧都が重ねて召されたのであった。

　浮舟は、反対するに決まっている妹尼が留守でもあり、この機会に僧都に会って、恥ずかしくても尼にしてくださいませ、と言おう、と決心した。「気分がすぐれないままなので、戒を受けたい（出家したい）」と、僧都に伝えてくれるように母尼に相談した。ぼけた母尼はうなずいて、暮れ方にやってきた僧都にさっそく伝えてくれた（手習859）。

　宇治の院の裏庭で死にそうなところを救ってくれ、回復が見込めない病状で、修行の山から下山までして助けてもらったお礼を述べ、さらに自分は生まれた時から不幸せであったこと、母親は自分を尼にしようと考えて

いたこと、そして何よりも自分の命が終わりに近づいたらしいこと、を泣きながら述べた（手習900）。

　僧都は二度の救助の経験から、浮舟にはそれ相当のわけがあって、今日まで生き延びるはずの人ではないことをよく知っていた。このままでは恐ろしく心配なので、浮舟の受戒を承知する。とは言っても、今夜は一の宮のもとに参らねばならず、明日から7日間の加持祈禱が終わった後に戒を授けようと、提案する。浮舟は、その間に妹尼が帰ってきて反対するに決まっているので、「病気で具合の悪かった時と似たように、とても気分が悪いので、重くなってからでは受戒も意味がないでしょうから、やはり今日がうれしい機会です」とひどく泣く。僧都はとてもかわいそうに思って、「夜もふけたことでしょう。そんなにお急ぎなことなので、今日これから授けましょう」と言ったので、浮舟はとてもうれしくなった（手習919）。

　宇治の院で浮舟を発見した時にもいた二人の弟子も加わって、六尺もある美しい浮舟の髪が切られた。額の髪は僧都が切って剃髪の儀をしめくくる。「こんな美しい器量を変えてしまって、後悔なさるな」などとありがたい言葉を説き聞かせる。前に出家を望んだ時には、僧都や妹尼に反対されて五戒を受けただけであったが、今回は出家を果たした浮舟は、今まで仏に願ったことは何も果たされなかったが、この出家ばかりは仏の力のおかげであり、生きていたかいがあったと、思い知った（手習941）。

　浮舟が中将と結婚すれば、浮舟だけでなく、自分たちも山里の心さみしい生活から京に移れ、幸せになれると期待していた尼たちも、今はこれまで、と悲しい思いを浮舟に言い聞かせたが、浮舟の方は、これで中将も諦めるだろうし、あの宇治での苦しかった生活、男たちの性の氾濫からすっかり離れることができるのだと思うと、肩の重荷が下りた気持ちになった（手習973）。

　翌朝、変わりはてたであろう姿を見られるのが恥ずかしく、わざと暗くした部屋にこもり、誰にも聞いてもらえないあり余る思いを硯に向かって手習に書いている。「自分の身も、恋しい人たちをもなきものと思い諦めて、入水して世を捨てたのに、その世を、さらに再びこうして捨てたの

だ」「これでいよいよ最後だという気になって入水して捨てた世の中を、尼になってまた捨てることになったのね」（手習982）。

　僧都の加持祈禱の効果は著しく、一の宮の病気は治ってしまった。余病の心配もあるので、加持祈禱の期間を延ばしたある夜、僧都は中宮に呼ばれて、一の宮看護の夜をともにした。お付きの数人の女房の中には小宰相もいた。中宮のねぎらいの言葉を受けて、僧都は誰も住んでない妖怪も出そうな宇治の院で女の人を見つけ、その人の出家を助けた話をした。ここで、三人の女（中宮、一の宮、小宰相）は僧都の話を共有する。
　宇治の辺で姿を消したという女の人の噂を聞いていた中宮は、その人は薫が囲っていた女かもしれないと思い、小宰相に、僧都の話を薫に聞かせるようにと言った。しかし小宰相は、その女人の素性は不明であるし、生きていることを知られたくないようだし、良くない敵がありそうで、それは薫ということになりそうだし、このような不確かな話を立派な薫に打ち明けるのも気が重く、そのままになってしまった（手習1035）。

　浮舟は、二人の男に近づかれた浅ましい出来事もあったので「あんな生活はとても嫌だ。まったく朽ち木などのようにして、人に相手にされずに終わりたい」という態度でいる。今までは、ほっとする時もなくふさぎ込んで、物思いにふけっていたのが、出家の願いがかなってからは晴れ晴れとして、妹尼ととりとめのない冗談を言い合い、囲碁を打ったりして暮らしている。勤行も熱心で、経典なども多く読んでいる。それでも冬が来て、雪が深く降り積もり、通う人も絶えると、寂寞の気持ちを払いのけようがないのであった（手習1193）。
　年が改まった。春のきざしも見えず、一面に凍りついた川水の音のないのさえ心細い。宇治川対岸での密会で「あなたには迷っているが」と言った匂宮のことはすっかり思い捨てたものの、やはりあの時のことは忘れられない。「降りしきる野山の雪を見つめていても過ぎ去ったあの当時の出来事が、今日も悲しく思い出される」と勤行の合い間に、気晴らしの手習を書く。もう年も変わったが、自分がいなくなってからも自分のことを思い出す人もあるだろうと、思う時も多い（手習1203）。

春の気配を感じさせる寝室の軒近くの紅梅は、色も香りも昔と変わらないが、自分は尼姿に変身してしまったことから、「月やあらぬ春や昔の春ならぬ我が身ひとつはもとのの身にして」の有名な和歌が思い出される。ほかの花より紅梅に愛着があるのは、あくことのなかった匂宮の匂いが我が身に染みついていたからなのだろうか。その花を折って来させると、恨み言を言うように散って、一層匂ってくるので、「匂宮の姿は見えないけれど、花の香りがあの人かと思うほど匂って来る、この春の夜明け」と手習に書いた（手習1222）。

　浮舟が入水自殺を試みたのは昨年の３月末で、それから１年がたった。薫が一周忌を計画し、寺に奉納する女の装束一式を調達する役目を仰せつかったのが紀伊守であった。紀伊守は、僧都と妹尼の甥っ子で、その仕事を妹尼に頼み込んだ。その話を近くで聞いていた浮舟は、心が動かされたのを人に気づかれないように奥の方を向いてじっと座っていた。

　装束一式を調製する作業が始まると、布を染め急ぐのを見るにつけても、奇妙なあり得ないことのような気がする。裁縫を手伝うように頼まれても、「気分が悪い」と言って手も触れずに横になっていた。紅桜の着物を重ねて、「黒染めの尼衣よりもこちらが似合うのに」と言う人もいるが、「尼衣に姿の変わってしまったこの身に、今さら昔の形見として、はなやかな衣装をまとって昔を偲んだりできようか」と手習に書く（手習1250）。

復縁を意図する薫

　薫は中宮と話をしたついでに、宇治に女を囲ったことを打ち明けた。すでに死んでいることをほのめかしてはいるが、死んだとは言っていない。中宮が「宇治の辺りは物の怪が住んでいるのかしら、どういうことで、その人は亡くなってしまったのです？」と聞いたので、薫はやはり中宮はその女が死んでいると想像している、と思って詳しくは言わないまま、「そうかもしれません、亡くなりました様子もとても不思議でした」とその女の死を認めた。浮舟に逃げられ、身投げされてしまった薫は、女の死を身

投げよりも物の怪のせいにしたい様子である（手習1250）。

　中宮は噂から薫が囲っていた女が投身自殺したこと、僧都から宇治の院で死にそうな女を助けたことを知っているが、その女が同一人物であるとは言えなかった。噂は事実ではないことと、投身自殺した女と僧都に助けられた女が別人の可能性もあった。ここで、噂が事実であることが薫の口から確かめられたが、別人の可能性は残った。

　中宮は、薫が隠していた事柄をはっきり聞いてしまうと、自分の弟である薫が気の毒になる一方で、自分の末っ子である匂宮が、あの当時物思いばかりして、病気になったことを考え合わせ、誰にも何も言えないでいた（手習1347）。

　中宮は、「別人の可能性があるので、僧都の話を私からは薫に言えなかった。僧都の話を、あなたから、薫にしてください」と小宰相にこっそりと指示した。小宰相は「中宮が言えないことを、ましてほかの人間が話せましょうか」と応えた。中宮はさらに「それぞれの場合によります。私からでは気の毒な事情があります」と頼むと、小宰相は中宮の気持ちが分かって、その配慮を面白く思った（手習1352）。

　その女をめぐって薫と匂宮があらそったので、中宮としてどちらかを先に言うことができない。また、匂宮が知るとまた悪い癖が出て、評判を落とすことになるので、できれば薫が先に知って浮舟を囲ってしまえば、匂宮は手を出しにくくなる。中宮のこの配慮に小宰相は気がついていた。

　小宰相は、世間話のついでに、宇治の院で僧都に助けられ、尼になった女のいることを薫に打ち明けた。薫は意外で不思議でびっくりした。

　以下に、薫の心の反応を列挙する。よりを戻したいという本音はあっても、世間体が気にかかり、匂宮も先に動いているのではないかと疑心暗鬼である。

・場所も同じで、当時の様子とも合っているので、僧都が助けたのは浮舟らしい。
・もし本人ならとても嫌な気分がする。自分を避けて入水自殺をした浮舟の一周忌の法要までしたのに、今また自分を避けるように尼になっ

106

てしまった。
・どうしたら確かなことが聞けるだろうか。
・自分で捜し回ったら、みっともないと人が言わないだろうか。
・もし匂宮がこのことを知っていたら、昔を思い出して、よりを戻して
　浮舟の仏の道を妨げないだろうか。
・匂宮がこのことを私に知らせるな、と中宮を動かしたので、小宰相か
　ら知ったのが遅くなってしまったのか。
・匂宮が動いているなら、非常に恋しいとは思うが亡くなったものと諦
　めてしまおう。
・生きているのだから、いつかは冥途のことぐらいは語り合う機会もあ
　るだろう。
・浮舟を取り戻そうとは二度と思うまい。

　匂宮が知っているかどうかが気になって、ただひたすらに思い乱れてい
る。言ってはくれないかもしれないが、中宮を訪ねて匂宮のことを聞くこ
とにした（手習1378）。
　中宮にまず、「浅ましく死んだ女が落ちぶれて生きていると、話してく
れる人（小宰相）がいました。大げさなことをして、私から離れてゆくよ
うなことはできない性質だと思っていましたから、身を投げて生きている
なんて、まさかそんなことがあるとは思いませんでした。物の怪にかどわ
かされたのだとすれば、そういうこともあるかもしれません。その女にふ
さわしいことです」と挨拶した。それから薫としては本題の、浮舟が生き
ていることを匂宮が知っているかどうかを聞き出すために、毅然として恨
みがましい言い方にならないように注意して切り出した。「私が、その女
を捜しているとお聞きになったら、執念深く好きがましいとお思いになる
でしょうが、生きていたのだとは知らない顔をして過ごすつもりです」と
話すと、中宮は「僧都が話してくれたのは気味の悪い夜でした。匂宮が聞
いていたはずがありません。匂宮はお話にもならない、女に悪い癖があっ
て、その話を聞いたらとても困ることが起こるでしょう。とても軽率でな
さけないことばかりが知られているので心配です」と話してくれた（手習
1395）。

匂宮が、浮舟の生存をまだ知らないことを知って、薫は僧都に会うべく横川に向かう。今は薫に仕えている浮舟の義理の弟を連れて行く。横川に向かいながら、浮舟が尼姿でありながら、以前に匂宮と密通したように、誰かと浮気をしてないか心配になる（手習1419）。

　薫は、まだ若く、親もある浮舟を尼にして、母親が恨み言を言うかもしれない、と僧都に圧力をかける。僧都は、宇治の院で浮舟の命を助けて以後、尼にするまでの経緯を詳しく正確に説明する。浮舟が出家したことは、仏心を自認する薫としては安心で結構なことであるが、母親がここに１年も隠されていたことで厄介なことになり、訪ねてくるかもしれないとさらに圧力を強める。そして、これだけのことを知ったのにそのままにはしておけない間柄だったので、夢みたいな出来事の数々を話し合いたいと言う。そして、その案内役としてご足労できませんか、と僧都に頼んだ。

　僧都は、出家させた女が男とよりを戻して堕落することに手を貸せば、仏の道に反することになる、と困ってしまった。今日明日は都合がつかずに下山できないので、来月には都合を知らせましょう、と僧都は一呼吸おいた。

　薫は浮舟の義理の弟を呼び出して、この者を遣わしますから、一筆、誰それとは言わずにただ捜している者がいる、とだけ書いてください、と食い下がったが、僧都は、私はこの案内役で罪障となるでしょう、一切はお話しましたので、このうえは、御自身でお立ち寄りください、と突き放す。薫の本心が、浮舟を還俗させ、よりを戻すことにあることを、僧都は恐れていた。

　薫はうっすら笑って、「案内役が罪障になるなんて考えなくて結構です。私は、俗の姿をしていますが出家したも同然なのです。幼い頃から出家をしたいと思っていましたが、母親の面倒をみなければならず、いつしか官位も高くなり、公私にわたって避けられないことのため、出家もできません。仏さまがしてはならぬと仰せられることは何とか守りぬこうと、内心は聖にも負けません。罪障をつくるなんて絶対にあり得ないことです。かわいそうな（浮舟の）母親の気持ちを明るくしてやれれば、うれし

く思い、心が安まります」など、昔から熱心であった仏道修行のことを話した（夢の浮橋135）。

　しかし、読者は仏の道からはずれた薫の行動を知っている。すなわち、自分は中君と結婚すると大君に嘘をつき、用意された中君の寝室に匂宮を向かわせた。また、匂宮が留守の時に匂宮の妻である中君と一晩ともにした。大君を忘れられない薫は、大君の人形をつくって宇治に置こうと計画した矢先に、大君に似た浮舟と出会い、結婚して宇治に放っておいた。
　また、仏の道で修行すればするほど、仏と人間の間には無限に長い距離があり、人間は仏になれないことが理解される種類のものであろう。自分は聖にも負けない、と言う薫の退廃した知性が浮き上がる。浮舟の還俗復縁という本心を隠して母親の安心を理由に挙げていることは、自分の行おうとしていることがいかに仏の道からはずれているかを知っているからである。

　僧都は、いかにもとうなずいて「尊いことです」と言った。僧都は、仏と母親の名を借りて自己をかばう薫の浅ましい暴論に屈した。何とでも世間を動かせる権力者に、これ以上の抵抗を控えたのであった。そして薫が随行させた義理の弟に目をつけ、一筆書いて手紙を託し、姉の浮舟が僧都の手で出家していることを暗に示した。さらに「ときどき山に遊びに来なさい。無意味ではないわけがあるのです」と付け加えた。これは「出家した姉は、私の保護下にあるからです」と解釈したい（夢の浮橋154）。

　この僧都の状況は、朝廷貴族社会に対する紫式部の立場、教皇とルターに対するエラスムスの立場、旧教の教義に対するコペルニクスの立場に通じるところがあり、それぞれの人が、それぞれに沈黙はするが、彼らのヒューマニズムの精神は今に生きている。

　翌日、弟は僧都と薫の手紙を託されて、浮舟のもとに出かけた。死んだはずの姉が生きていて、そこに行くことは知らされたが、このことを母親に言ってはならぬと注意された。還俗復縁の本心を隠して、母親を喜ばせ

たいという薫には、母親に知られることを避けなければならない事情がある。僧都の手紙には「あなたの様子を知りたいと薫がやって来たので、はじめからの事実を話しました。二人（薫と浮舟）が別れて、片方のあなたを出家させたことは仏から叱られねばなりません。こうなったらしょうがありません。昔の夫婦仲を捨てずに、薫の愛執の罪を晴らしてあげてください。一日一夜も出家すればその功徳は測り知れないものですから、頼もしく思いなさい。こまかいことは私が伺って話しましょう（夢の浮橋227）」とあった。つまり僧都は、薫の本心が還俗復縁にあることを見抜いていることになる。

　この手紙では、もし愛情が深くなかったのなら仏に叱られなくとも済む、という条件文が隠されている。また、薫に聞かれて困るような大事なことは口頭で話します、とも僧都は言っている。浮舟を見守ってきた僧都には、薫と浮舟の愛情が深くなかったからこそ浮舟が身投げをして、その後に出家を望んだことが分かっているにちがいない。薫はこの手紙によって浮舟に近づく手がかりを得たが、読者は行間に隠れている僧都の意志も見抜かねばなるまい。

　ところで、出家した浮舟について母親がどのように考えているかについて、作者はすでに読者に知らせている。浮舟が不義密通をしたら、母親は絶交すると言っていたのだ。母親は乳母に「浮舟の方で不都合なことをしでかしたら、私には悲しくつらいことであっても、二度と会わないことにします（浮舟1012）」と話している。そして、浮舟が匂宮とそのような関係にあったことを、浮舟失踪の日に右近から知らされている（蜻蛉146）。

　また、浮舟を出家させる可能性についても、すでに母親は想定していた。母親が連れ子浮舟の不運を中君に嘆く場面で、「生きています限りは、何の朝晩の話し相手としてでも暮らせましょう。一人残して死にました後、（男女関係につまずいて）思いがけない姿で落ちぶれさすらうのが悲しいので、いっそ尼にして深い山にでも据え置いて、そういう仕方で世の中を諦めておりましょうか、などと思い余りました末に考えつきましたのです（東屋514）」と、浮舟が尼になる可能性を口にしている。つまり、

還俗復縁が心にある薫にとっては浮舟の尼姿は望ましくないが、母親にとっては想定内であると言える。

　弟がやってくると、浮舟は奥に引きこもってしまった。玄関外で待たされる弟を離れた所から見て、浮舟は何よりも先に母親の様子が聞きたくて悲しくて涙がぽろぽろこぼれた。妹尼が「弟を中に入れよう」と言うと、浮舟は「弟には、生きているとは知られないで終わりたい。生きているなら母親一人に会いたい。僧都が会った薫にはぜんぜん知られたくない、ぜひとも間違いだったと返事をして、隠してください」と懇願した。

　僧都と薫の使者として来た弟を中に入れて浮舟に会わせないわけにいかないので、妹尼は浮舟を引きずって弟の所に来させ、弟は薫の手紙を几帳越しに（会うことはなく）手渡しすることができた。

　薫の手紙には、「あれこれ罪深いこと（自殺を図り、親にも夫にも言わずに出家した）をしたあなたを僧都に免じて許します。驚くほかない夢のような話を聞きたいとせかれる気持ちは、自分のことなのにけしからぬと思うが、はたの見る目は一層でしょう（夢の浮橋307）」とある。これでは「還俗復縁を思う心を書き尽くしてない」とは作者の意見。「手紙を託した者はあなたの弟で、私としては、あなたの形見として世話をしているのです」と付け加えられている。

　浮舟は「驚くほかない夢とはどのような夢なのか分かりません。今日はこの手紙を持ち帰ってください。人ちがいでもあったらきまりが悪いです」と妹尼に手紙を押し返した。周りの人は、薫に返事も書かないのは見苦しく、けしからぬ、と騒ぐ。浮舟は、着物のふところに顔までうずめて横になっている。

　弟は薫への返事が欲しいので「ほんの一言だけでも」とせがむが、浮舟は何も言わない。弟は姉に会うことなく帰参した。

『源氏物語』の終結

　膨大な『源氏物語』は、突如として、次の薫の発する一言で終わりを告げる。

「（薫は）まだかまだかとお待ちでいらっしゃったのに、（弟が）こう要領を得ず帰ってきたので、面白くもなく、やらねば良かった、と、お心はあれこれと動き、誰かが隠しておいているのか、と、御自分は想像の限りを尽くすこととて、（浮舟を）宇治に放っておきなさった（原文＝落としおく）経験から、と、本にありますそうです」（夢の浮橋357）

　自分を離れて自殺まで試み、生き返って出家した浮舟を還俗させてよりを戻そうとする薫は、僧都に向かって「自分は聖にも負けない」と豪語したにもかかわらず、その尼姿の浮舟を連れ戻せないと知ると、今度は別の男に囲われているのではないかと推測する。浮舟の孤独と絶望を理解する姿勢がひとかけらもない。堕落した薫の知性に腐臭さえ感じる。源氏の誘惑に勝てない自分を知って、源氏に相談もせずに出家した藤壺と朧月夜を、源氏も追うことはなかった。

　『源氏物語』のこの最終の文章に接すると、『源氏物語』冒頭の清らかで美しい文章が思い浮かぶ。数多い女御更衣がいる中で帝がもっとも愛する女がいたというのだ。徳の高い桐壺帝と身分の低い桐壺更衣の清らかな話から始まった『源氏物語』は、知性が堕落した薫の腐臭を発する一言で終わることになる。
　高山の清流は流れ流れて、河口のよどんでにごった水になってしまった。人間がやりたい放題のことをくり返し、混乱と無秩序が増加する朝廷貴族社会の実態を、生態学の観察記録のように今に伝えてくれている。
　「紫式部の執筆動機」で、冒頭の文章に作者の思想哲学の片鱗が見い出せないと書いたが、冒頭と最終の文章を合わせると紫式部の現実を観察・考察する精密で壮大な能力が理解できる。「自然に起こる現象はすべて混乱と無秩序をもたらす」という熱力学第２法則は自然界のすべてに当てはまる基本法則で、人間の行動も例外ではない。平安時代の朝廷貴族がくり返す思いのままの行動は、混乱と無秩序の果てまで進んで『源氏物語』は終わる。
　読者は、中途半端な終わり方ではないか、と不安に思うかもしれない。浮舟は、薫ににらまれて経済的にもやっていけるのであろうか、匂宮がか

ぎつけてよりを戻すのであろうか、ほかの男があらわれるのではないか、などと思いをめぐらすかもしれない。このように余韻を残しながらの終わり方は、さすがに紫式部だと思う。

　これらの疑問について読者はすでに答を与えられているように思える。紫式部は余韻を残しているが、あえて私の解釈を書いておく。

　薫：薫は浮舟を経済的に援助する。薫の特性は人の噂を気にして、決して悪く言われるようなことはしないのである。自分を裏切って自殺までされた浮舟であるが、いったんは夫婦の縁を結んだ以上、その家族の面倒を見るというのが、世間体を最優先する薫の流儀であった。今は情欲に負けて、還俗させて浮舟と復縁したいとあせっているが、源氏でさえ藤壺と朧月夜に還俗復縁を迫らなかった。それは世間的にはみっともないことなので、そこに気がついて浮舟を援助するという、世間を感心させる方向に向かうであろう。

　匂宮：浮舟はときどき、匂宮を思い出すことはあるが、すっかり熱が冷めている。世間の恋愛沙汰には巻き込まれないで、自分は朽ち木のように終わりたいと考えている。

　ほかの男：妹尼の亡くなった娘の婿さんだった中将の一人相撲となる恋愛沙汰はなくても良い話のように見えるが、この中途半端に見えるラストの続きを否定している伏線である。

3 エラスムスの自然科学的ヒューマニズム

　エラスムスのオリジナルとも言える独特のヒューマニズムは、1517年に出版された『平和の訴え』に書かれている。

　本書では、岩波文庫『平和の訴え』（箕輪三郎訳）と『The complaint of peace, translated from the Querela pacis（A.D. 1521）』を参考にした。日本語版では全70部のうち第4部から第8部で、英語版では162パラグラフのうちの5番目から16番目のパラグラフで、ヒューマニズムについての考察が展開されている。以下、順を追ってエラスムスの思考過程を紹介する。

　（1）夜空を彩る数えきれないほどの星は、それぞれに運動も力も同じではないのに衝突もせずに、幾世紀にもわたって相互に不動の調和が保たれている。それぞれの天体は、形、大きさ、光の強さ、動きなど、それぞれに違って不協和ではあるが、都合よく平衡して、永遠の平和が保たれている。

　（2）調和をもたらす自然の力は、生物の世界でも作用している。人体では、怪我を防ぐためにすべての手足が調和して動く。肉体と精神ほどお互いがかけ離れたものはないのに、自然はこの両者を密接に結びつけている。両者の分離が死であることからも、そのことは明らかである。また、体内にあるすべての部位（例えば口、食道、胃、小腸、大腸など）は、それぞれに違う機能を果たしていて、これらが調和して働き健康が維持されている。

　（3）この自然の力は、動物の群れの中でも作用している。ゾウは群生し、ヒツジとブタは群れをなして食べ、ツルとカラスは一団となって飛

び、コウノトリは渡りをする前に相談し、弱くなった親鳥に餌を与える。イルカは助け合ってお互いを守る。また、アリとハチはそれぞれ小さな協同社会をつくっている。

（４）こうした協同生活は、植物の世界でも観察される。ブドウの木はニレの木を抱きしめて、両者が生き延びるのに役立っている。同じように、モモの木はブドウの木をかわいがる。

（５）同じ種族の動物が仲間同士で戦って殺し合うことは決してないのも自然の力です。ライオンの凶暴さはライオンの群の中では示されない。イノシシは恐ろしい牙を弟に誇示することはない。ヤマネコの群れは平和です。蛇毒は仲間うちでは使われない。オオカミの仲間に対する友愛に満ちた親切さはよく知られている。

（６）自然は人間という種族にどのように作用しているのか？

人間もほかの生物と同様に地球上で生き残らねばならない。自然は、ほかの生物に対しては自衛のための防衛手段として武器（鋭い牙や爪）を与えているが、人間には武器を与えず弱いものとして造った。そのため人間は、自然によって与えられた相互の約束と親密な関係だけで、安全を守り生き残ることができる。

（７）人間社会では一人の人間だけでことが足りるというものは何もない。自然は、それぞれの人間にいろいろな種類の才能をいろいろな分量で与えるので、二人の人間に同じ種類の才能を同じ量だけ与えたことはない。この不平等は相互の奉仕によって平均化される。

また、地方によって違った産物が生まれるので、相互の需要と供給が商業となり、人間たちに交際がもたらされる。必要によって都市が生まれ、その連合体が社会となり、人間たちの相互の約束と親密は成熟し大きくなる。

したがって、一人の人間としても人間社会としても、地球上で生き延びてゆくためには、人間相互の約束と親密な関係が必須です。

（８）人間にだけ、理性と言語、優しくおだやかな性向が与えられていて、仲間に対する好意も生まれ、お互いに役に立つ喜びも味わえる。これらは、相互の約束と親密な関係を維持継続するためにとても大切です。

（９）お互いに親切の手をさしのべることを「人間的（humane）」と呼

んでいる。つまり「人間性（humanity）」という言葉は、自然にふさわしい人間の態度振る舞いのことを意味している。

　人類が地球上で生き残るために必要な態度振る舞いのすべてが「人間性」を意味していると、エラスムスは考えるに至りました。つけ加えると、このような態度振る舞いは、人間集団が幾世紀にもわたって生き延びてゆくために必須なので、親から子に、子から孫に伝えられてゆきます。動物たちは、親から教わらなくても餌を獲得し巣をつくれますが、人間だけは、これらの技術を親の世代から伝承されねばなりません。

　伝承されるのは技術だけではありません。エラスムスが特に挙げている、相互の約束と親密な関係のほかにも勤勉、質素節約、努力、協力、などなど多くのことが伝承されています。私どもが日常生活の中でも観察できることですが、しなければならないことはやる、嘘はつかない、責任は取る、などなど、言葉を含めて、生後３年程度で母親から子どもに多くのことがらが訓練されています。

　エラスムスのヒューマニズム論を読んでいると、『聖書』の「創世記」に似ているように思える。

　「創世記」の著者は、天と地、太陽、月、星の創造からはじめて、生物が創造される順序に移り、宇宙と生物の創造に関する考察が終わると、すぐに人間についての考察を続け、アダムとイブ、カインとアベルの物語へと展開する。つまり、人間の特性とは「してはいけないと知っていながらやってしまう（アダムとイブ）」「責任を取ろうとしない（アダムとイブ）」さらに「兄弟殺し（カインとアベル）までやってしまう」存在であると考察している。

　太陽や星や月を人間がつくることはできないし、またさまざまな生物の創造も人間にはできない。「創世記」の著者は「これらのものを創造した人間を超えた存在、つまり神がいるに違いない」と考え、最初の文章は「最初に神は天と地を創造した」と書いている。

　「創世記」の著者もエラスムスも、自然の現象を興味深く観察してい

る。そして、自然の神秘をつくっているのは、「創世記」では神、エラスムスは自然の力であると考察している。「創世記」では自然が神学的に理解され、エラスムスは自然科学的に理解していると言える。両者の間は2500年ほどの時が経過しており、エラスムスにはその間の自然科学の進歩が影響していると思われ、その後に近代自然科学を拓くガリレオやダーウィンのかすかな匂いさえ感じられる。人間の特性を考える時、聖書ではアダムとカインが基本だが、エラスムスのヒューマニズムでは人類が生き延びるために必要な態度振る舞いが基本となっている。

　16世紀は狂気が支配した激動の時代。エラスムスがとった態度決定を理解する鍵はこのヒューマニズムであろう。自然の神秘は神のなせる技であり人間の本性はアダムとカインにあると考える教皇やルターと、エラスムスには根源的な違いがある。

　この頃のヨーロッパでは、国と国が同じ神のもとで争い、多くのキリスト教徒の血が流されていた。ルターの新教が旧教と戦争状態になり、さらに、新教と旧教それぞれの内部では、ちょっとした意見の違いで片方は粛清された。キリスト教の世界では、まさにカインとアベルの「兄弟殺し」の世界がくり広げられていた。

　このように狂気が支配する時代、それぞれの集団の優秀な神学者たちの仕事は、自分たちの「神」を利用して対立する集団のキリスト教徒を殺す論理をでっちあげることだった。「神」という言葉が平和をもたらすことに使われないで、同じキリスト教徒を殺戮することを正当化するために使われていた。

　エラスムスはルターから運動の先頭に立ってほしいと依頼される一方で、旧教の教皇からはルターへの反論を書いてほしいと言われていた。エラスムスは双方の申し入れを断り、双方の敵となってしまった。どちらに味方をしても「兄弟殺し」に手を貸すことになるのだった。

　当時、エラスムスは、『平和の訴え』で自然の力が人類に要請するヒューマニズムと、和合と相愛を教えることに捧げられたキリストの全生涯を思い出してほしいと訴えている。しかし、狂気の時代にエラスムスの言葉を聞く耳はなく、孤高のエラスムスは沈黙し、時代の孤児となった。

エラスムスは敬虔なキリスト教徒だったので、当時の教会の腐敗が内部から自浄されることを期待して、1511年に『痴愚神礼賛』を出版、司祭から教皇まで教会の指導者たちの腐敗をあからさまにした。ところが、教会にとって危険な書であるにもかかわらず、1517年のルターによる教会批判までは大きな問題にはならなかった。教皇自身、自らの名前を挙げられての腐敗ではなかったので、自分のこととしてはとらえられなかったと思われる。

『痴愚神礼賛』の中で、著者がもっとも書きたかったテーマはカトリック教会指導者の行状批判で、エラスムスのヒューマニズムが書かせた意見書となっている。その中から教皇に対する部分を引用する。渡辺一夫の翻訳本と沓掛良彦の翻訳本を忠実に参考とした。

教皇方はキリストの代理者です。キリストの清貧、忍苦、教え、そして現世蔑視をならって生きようと努めねばなりません。その上、「父」を意味している「教皇」という名称、自分に与えられた「至聖なる」という称号の意味をお考えになったら、この世にこれ以上はない苦しみに満ちた生活を送らねばならないのです。ところが、あらゆる手段を用いてこの地位を買い、その後、剣と毒薬と暴力でこの地位を守ろうとするのです。

キリストが仰った「地の塩」の１粒だけでも教皇さま方に宿っていたら、財宝、栄誉、権力、勝利、役職、特免権、課税、免罪符、馬、騾馬、警護兵、快楽などなど、とてつもなく大きな特権を手放さねばならないでしょう。

ところが当節では、教皇の役目でいちばん骨の折れる部分は、あの世にいる使徒のペテロやパウロに任せきりにして、豪華なことや楽しいことを受け持っているのです。教皇くらい楽しい生活をして心配のない人はおりません。神秘めかした、芝居がかった衣装に身を包み、「至福」とか「至高」とか「至聖」とかいう称号をまとって現れ出でて、祝福したり呪詛していれば、キリストのために尽くしていると思っているのです。

ローマ教会の 礎 となったペテロは、「私たちはいっさいを捨ててあなたに従いました」と言っているにもかかわらず、教皇さま方は、この使徒

の遺産と称して、領地や町や貢物や税などの財産で、ローマ教皇領という王国をつくり上げているのです。

この王国を防衛するために、教皇は、剣と火とをもって抗争し、ほかの国のキリスト教徒の血を流させているのです。彼らが敵とする他国のキリスト教徒を叩きのめすことで、自らは使徒としてキリストの花嫁たる教会を護持しているつもりなのです。

これではまるで、教会のもっとも忌まわしい仇敵は、醜悪な生き方によってキリストを虐殺している不敬不信の教皇ではないですか。彼らは、沈黙によってキリストの存在を忘れさせ、キリストの名を利用して自らの利得に有利な法を設け、曲解によってキリストの教えをゆがめているのです。

教皇をとりまいている博学なおべっか使いたちは、他国のキリスト教徒の臓腑に死の剣を突き刺すという狂気の沙汰を、熱情とか信仰とか勇気とかいう美名で飾りたて、また、キリストが説いた、困っている人たちを助けなさいという慈悲心に背いていないという論理を考え出すのです。

また、当時の神学者たちが熱中していたキリスト教の原点からかけ離れた「微細に輪をかけて超微細な論議」を、『痴愚神礼賛』から抽出する。

・この世界がいかにして創造されたか？
・どんな溝を通って原罪の汚れがアダムの子孫に伝わったか？
・キリストが聖母の胎内で成長する様子などの秘められた神秘の世界はいかに？
・パンはキリストの肉体、ぶどう酒はキリストの血になりうるか？
・神の創造行為には定められた瞬間があったか？
・キリストの血統はいくつもあるのか？
・父なる神はその子キリストを憎みたもう、という命題は可能か？
・神は女や悪魔や馬やかぼちゃや小石の形をとってあらわれたであろうか？
・もしあらわれたのなら、かぼちゃが説教したり、奇跡を行ったり、十字架にかけられたりするものだろうか？
・仮にキリストが十字架にかけられている時に、使徒のペテロがミサ

を行ったとしたら、何を奉献したことになるだろうか？
・その瞬間にキリストは人間だと言えたか？
・キリストが復活したあとで、飲んだり食べたりできるものだろうか？
・1000人の人間を殺すことは、安息日の日曜日に貧しい者の靴を直して
やるよりも罪が軽いか？
・ごく小さな嘘を一つ言うよりも、人が住んでいる宇宙全体が滅んだほ
うがましか？

　ヒューマニズムという言葉はルネッサンス時代の16世紀に生まれた。当
時の神学者たちは、前述のように「人間らしさ」とは関係ない、議論のた
めの議論のような細分化された話題に熱中していた。仏文学者の渡辺一夫
は、『私のヒューマニズム』（講談社1964年）で「そのような時にそんな議
論はキリストと何の関係があるのか、人間であることと何の関係があるの
かという問いがヒューマニズムの出発点にあった」と書いている。
　それでは、「人間らしい」とは何を言うのでしょうか。「キリスト教本来
の姿」とは何なのでしょうか。創世記の著者は、人間の特性とは、しては
いけないと知っていながらやってしまう（アダムとイブ）、責任を取ろう
としない（アダムとイブ）、さらに兄弟殺し（カイン）までやってしまう
存在であると、考察しています。ルネッサンス期の若い学者が、「人間ら
しい」あるいは「本来の姿」と考えているものは、創世記の著者が、人間
の特性として考察したものと同じはずがありません。キリスト教の原点か
ら考えれば、エラスムスが指摘したように、キリストが生涯をかけて教え
た和合と相愛であり、エラスムスが「人間らしさ」として考察したヒュー
マニズムであるはずです。

　1492年のコロンブスのアメリカ大陸発見以後、16世紀には多くのヨーロ
ッパ人が新大陸に向かい、ヨーロッパのキリスト教徒よりもキリスト教徒
らしい先住民に遭遇した。彼らは親切丁寧で困っている人を喜んで助ける
人々だった。彼らこそヒューマニズムを身につけている人々だった。生活
条件が厳しければ厳しいほど、「相互の約束と親密な関係」もより強かっ
たのだろう。このことは、エラスムスのヒューマニズムによって理解でき

るのではないだろうか。

　紫式部が「志が高く気高い」と表現した玉鬘と浮舟ともに幼少期に地方で、それぞれ、愛情深い乳母と、娘を夫に認知されなかった母親に育てられたという背景が与えられているのも、先の先住民と共通するところがある。

4 「地の塩」コペルニクス

　朝廷貴族社会における性の氾濫と知性の退廃をスケッチした紫式部の『源氏物語』は、作者の意図が時の権力者によって感知されないだけでなく、その後1000年にもわたって通俗的に読まれてきた。

　キリスト教会の腐敗をあからさまにしたエラスムスの『痴愚神礼賛』は当初、教皇や枢機卿にやりすごされたが、ルターの宗教改革の盛り上がりに影響されて発禁処分となった。

　エラスムスと同時代、『痴愚神礼賛』以上に根源的な危険爆弾（地動説）を抱えていたコペルニクスは、この爆弾の危険性を予知していたので、自説を公開出版することを迷いに迷って、引き伸ばしていた。結局『天球の回転について』が印刷されて世に出たのは、彼が亡くなった年であった。地動説をさらに実証化したガリレオは、コペルニクスの死後90年が経った宗教裁判で終身刑を言い渡された。

　ヤン・アダムチェフスキが書いた『コペルニクス―その人と時代―』（小町真之／坂本多共訳）では、冒頭で次のようにコペルニクスを紹介している。

　「落ち着いた、敬虔でもの静かで、大きな権力も肩書も、大した財産も持たなかった男」、伝記作者の一人はこう書いている。彼がもの静かで慎み深い人だったという意見は、彼の生涯を描いたほかの人も述べている。

　コペルニクスは地方の教会組織に属していて、司教とか司祭のような地位の高い役職ではないが、さまざまな日常的仕事を勤勉にこなす多忙な職業人であった。その仕事ぶりを先と同じ書物は以下のように紹介してい

る。

　参事会の指図で、コペルニクスはパンの値段を算定するというような、彼の興味の的とはたいへんかけ離れたことまで手がけたらしい。けれども、コペルニクスについて知れば知るだけ、彼と無関係なものは何一つないのだということが、彼が注意を向けないような公共のことがらや社会的なことがらは何一つないのだということが、ますますはっきりしてくる。多方面にわたって関心と才能をもっていたこと、身の回りの世界のあらゆることに感じやすく注意深かったことは、コペルニクスを真の人文主義者にした。彼にとっては、人間に関することはすべてかかわりがあり、見過ごせないことであった。

　コペルニクスは10歳の時に父親を亡くしたため、叔父（母親の弟）が後見役を果たすことになった。叔父は野心家で、ポーランド王国ヴァルニア地方の実質的な行政長官である司教職を目指していて、甥のコペルニクスにまでその影響を及ぼした。叔父は将来、コペルニクスを教会組織の要職に就かせようと、必要な教育を受けさせることにした。

　コペルニクスはトルニでの初等教育を終えると、首都クラクフにある大学の学芸学部に入学、４年間の教養課程の中で天文学と幾何学に特に興味を覚えた。教養過程を卒業後、教会法を勉強するためにイタリアのボローニャ大学に留学した。ボローニャ大学は法学教育ではヨーロッパ最高レベルであった。コペルニクスは天文学教授のもとに下宿し、法学の勉強のかたわら助手として観測を手伝い、天文学の知識も深め始めた。４年間の法学課程を無事終了して帰国したコペルニクスは、イタリアでの勉強継続の希望を参事会に願い出た。

　医学を勉強して、司教および参事会会員の医師として貢献するとの約束で２年間の延長許可がおりると、コペルニクスはパドヴァ大学に医学生として入学した。当時、人体の器官はそれぞれ異なる星座の影響を受けているとされ、医学部では占星術の講義があった。

　医学の学位（博士号）を取るためにはさらにもう１年の勉強が必要だったので、代わりに別の大学で教会法の博士号を取得して帰国の途についた。コペルニクスは、医師として、また教会司教区の行政役人としての充

分な資格を身につけて、社会で働く準備が完了した。

　一方で、学業を通して宇宙の魅力にとりつかれてしまったコペルニクス
は、この魅力について次のように書いている。

　われわれを感激させ、人間的な知性の糧となる数多くのさまざまな芸術
や学問の中で、人が没頭し熱中すべきものは、何といっても、もっとも美
しくもっとも知る価値のあるものについて、考えをめぐらせることだと私
は思う。そして、それは宇宙における不思議な回転と、星の動き、大き
さ、距離、出没、それに天におけるほかのすべての現象の原因を扱う学問
であり、結局は世界の全構造を解明する学問である。そして、美しいもの
すべてを包み込んでいる天以上に美しいものが、またとあるであろうか？
そしてすべての高貴なる学問の目的は、人を悪から引き離し、その心をよ
り偉大な完成へと導くものなるが故に、この、すべての学問の中の天文学
は、想像も及ばぬ無上の喜びを与える。

　かくしてコペルニクスは、ポーランドのさいはての片隅で出しゃばるこ
となく、教会の実務をせっせとフルタイムでこなしながら、一方で、天文
学の観測、考察、幾何学・数学的検討に自分の時間を費やして、従来の世
界観を根源から一新する歴史的な研究結果を導き出したのである。
　宇宙の神秘を神が創造したものと推測した「創世記」の著者。宇宙の調
和は自然の力がなせる業であると描写したエラスムス。そして、宇宙の中
心に太陽がいてほかの惑星と同様に地球も太陽の周りを周回していること
を科学的に明らかにしたコペルニクス。３人ともに偉大な科学者であり、
哲学者であるので、もし一堂に会して議論することができたら、コペルニ
クスの意見で一致したに違いない。

　エラスムスとコペルニクスの時代は、キリスト教が宗教的にも政治的に
も絶大な権力を持っていた。聖書に書かれていることはすべて「真理」で
あると強要するだけでなく、エラスムスが指摘したように、頂点の指導層
は腐敗し、敵対勢力に対して非寛容であった。
　エラスムスの『痴愚神礼賛』出版は1511年、コペルニクスが地動説を主

張できるようになったのは1512年頃、その後の研究結果も含め自らのライフワークとして書いた『天球の回転について』が完成したのは1530年であることも分かっている。ところが、この革命的な研究成果が印刷されて世に出たのは、コペルニクスが亡くなった1543年であった。

　教会体制上層部が「好ましくない」批判や学説に敏感に気がつき、素早く敵対的な活動をするのでもなかった。エラスムスの『痴愚神礼賛』は、出版された1511年から、1517年のルターの「95か条の論題」年までは、教会上層部での問題意識は乏しかった。反対に、教皇がルターの批判書執筆をエラスムスに依頼したほどである。エラスムスが依頼を拒否して初めて、教会の敵となった。コペルニクスはそうした経緯をじっくり観察していたに違いない。エラスムスの場合は、教会体制上層部の腐敗を告発しているので、批判を受ける側も分かりやすく、書く側もその反作用をある程度の予測ができたが、コペルニクスの地動説の場合は、教会が依って立つ聖書に反する、より根源的な批判にもかかわらず、要職にある特定の個人が攻撃されているわけではないため、反作用の予測が難しかったと言えよう。

　教会組織の中にも、自然科学の進歩に興味を示す知的な上層部の存在は知られていた。多くの学者がコペルニクスの地動説を話題にするようになると、『天球の回転について』が出版される前の1536年にも、時の枢機卿がコペルニクスに深い興味と称賛を伝えている。とはいえ、地動説に対して教皇がどのような反応をするか、コペルニクスは悩みに悩んだに違いない。

　コペルニクスの地動説が話題になった1539年、ルターは聖書のヨシュア記で神がヨシュアの戦いのために太陽の動きを１日止めた話を持ち出して、「この馬鹿者は天文学の全部を根底から覆そうと思っているのだ」とこき下ろした。ルターの新教側は早くも地動説否定論を明確に打ち出していた。旧教側が同じ理屈を言い出してもおかしくはなかった。

　コペルニクスの研究は、一部の学者仲間の口頭や手紙で、早くから興味をもたれていたようである。しかし、コペルニクスが出版に対して終始慎重であったため、広範囲に知られることはなかった。古今を問わず、学者

や研究者は自分のオリジナリティーを世間に知らしめることに大きな喜びを感じ、文字の形で後世に伝えることは大きな義務とさえ言える。しかし、コペルニクスは不安な予感をぬぐい切れずに、出版には前向きになれなかった。

　この不安はコペルニクスの死後に的中した。教皇は1590年に「コペルニクスの理論はカルヴァンとルターの教説よりも有害」と表明し、1620年には禁書目録に入ったのである。

　コペルニクスが生涯を通して献身的に教会の日常業務をこなしながら、キリスト教の根底をひっくり返すことになり、上層部の逆鱗に触れるかもしれない地動説を抱えながら老いて66歳になった1539年に、神から遣わされたとしか思えない天使のような青年、レティクスがコペルニクスを訪ねてきた。レティクスはコペルニクスの唯一の弟子となり、２年間にわたってコペルニクスの話し相手となった。コペルニクスとよく似て、控えめで出しゃばることのないレティクスは、コペルニクスの地動説を完全に理解した。自分を理解してくれる青年と、学問・研究について心おきなく話せた２年間はコペルニクスにとって人生で初めての幸福な時ではなかったか。

　レティクスは『天球の回転について』を出版するようコペルニクスを説得し、コペルニクスはようやく出版を承諾した。

　出版を決めたコペルニクスがまずやらねばならなかったのは、教皇に理解を求めることであった。本の序文として考えられた教皇への献辞で、コペルニクスは次のようなことを訴えた。「宇宙における天球の回転に関する私の理論を非難する人々がいるということ」「学問への愛を教皇さまがお持ちであること」「毒舌による攻撃をおさえていただきたいこと」などであった。コペルニクスは、科学とキリスト教がともに人々に受け入れられる世界をどんなに夢見たことであろうか。

　レティクスは、６部から成る『天球の回転について』の最初の４部の要約を、友人の天文学者シェルナーに長い手紙として送った。彼は手紙の写しを印刷業者にもちこみ、『最初の報告』として1540年に出版した。この本を準備した自分の貢献についてはいっさい触れずに、「この本は、教会

参事会員であり、医師でもある尊師コペルニクスの天球の回転に関する学説の要約で、高名なヨハネス・シェルナーに宛てて報告したものである」と紹介している。

『天球の回転について』の草稿は、レティクスによって1543年に出版された。コペルニクスは死の床で完成した本を見ることができた。

コペルニクスの一生をふり返ってみると、キリストが説いた「地の塩」とはこの人のようなことなのではないかと思われる。

10歳で父親を亡くし、父親代わりの叔父から教育を受け、大学で教会法を勉強し、医師になる訓練を受けた。こうした職業教育を受ける一方で、天文学に関する興味を持ち、天文学の教授のもとに下宿し、医学部で占星術と医学の関係を学んだ。

ヴァルミアの司教にまで昇進した叔父は、コペルニクスを教会組織の参事会員に抜擢し、甥の生活基盤を確かなものにした。コペルニクスは地方の行政役人のような多岐にわたる仕事を一生懸命にこなした。ヴァルミア地方はドイツ騎士団の侵略におびやかされ、かつては敵であったポーランド王国の庇護が常に必要な土地だった。国王に宛てたコペルニクスの手紙も残っている。「悪貨は良貨を駆逐する」現実の横行に対しては、グレシャムよりも早く貨幣制度の改革に貢献し、未開拓の地に農民を定住させる事業に取り組んだ。

コペルニクスは、自分を育ててくれた叔父の方針に背くことはできなかった。司教の身内に注がれる周囲の眼をやわらげるには、誰よりも働かねばならなかったであろう。自分の時間を天文学に捧げるためには、本業をおろそかにしていると決して思われたくなかったに違いない。地動説に対して教会が示す反応によっては、自分が滅びるだけでなく、司教の叔父に迷惑をかけるかもしれない。普通にまじめで勤勉な努力家で、周囲と調和して生きていこうとすれば、コペルニクスのようになるのであろう。

大学に進むと間もなく、コペルニクスは天文学との運命的な出会いを果たす。できれば進路を変更したかったかもしれないが、父親を亡くしているので経済的に不可能であるし、育ててくれた叔父の期待に反するようなことはできなかった。並外れた能力のコペルニクスは、行政役人としても

医師としても立派な仕事をしながら、うぬぼれず、出しゃばらず、目立つことはなかった。

　天文学の分野で、時代を画するような彼の理論は、少数の学者仲間に知られるだけであった。世間に広く公表した場合の予測できる反応がいつも気にかかった。もし大学の学者の立場にあったなら、自分の独創的な研究結果を世間に公表して多くの人の注目を浴びたであろうに、そのような晴れがましさからは遠く離れたままだった。自分の研究結果の判定を次世代の人々に委ねなければならないとは、何と残念なことであろうか。

　エラスムスは『痴愚神礼賛』の中で、「教皇がもし、キリストの言った『地の塩』が少しでも頭の中にあったら、今のような軽薄な生活はできないのに」と嘆いた。美味しい料理をつくるには塩の加減が大切で、少なくても多くても料理はまずくなる。食べる人は塩の存在を感じないとしても、塩は料理の美味しさを支えているのである。つまり人はどんな立場にいても、その場で必須な役割を果たし、決して出しゃばってはいけない、と教えているのである。キリストは私生児として生まれ、貧しい家庭で母親と密接に生活し、ともに母親と料理もしたので、塩の役割を知っていたのであろう。

　コペルニクスはまさしく「地の塩」であった。職場では皆から頼られるような働き者であったが、出しゃばらず、うぬぼれず、司祭や司教への昇進も望まなかった。地動説という独創的で革新的な理論を後世に伝えたが、生前は幸運にも批判にさらされることはなかった。が、あってしかるべき評価を受けず、注目を集めることもなかったのである。

5 生物学的ヒューマニズム試論

　私ども人類は、ほかの生物とまったく同様、常に変化する自然の中で生活している。ほかの生物と調和しながら、人類として生き延びねばならない。どんな考え方をして、どんな行動をすれば、人類は自然の中で生き延びられるのだろうか。はっきりしていることは、エネルギー源を太陽に頼らねばならないということです。現在過度に依存している石油はいずれ枯渇します。現在の日常生活はいずれ、石油資源の枯渇によって大きな変化にさらされるに違いない。

　また人間は、食物源をほかの生物に頼らねばならないこともはっきりしている。さらに、地球上に眠っている１万５千発もの核爆弾の平和的な処理にはどんな知恵が生まれるのだろうか。

　人間どうしが協力する大きな社会的ネットワークの中で、一人一人の人間がとても小さな役割を懸命に果たさねばならないこともはっきりしている。そのためには勤勉、節約、友愛の精神が基本にあらねばならない。その上でいろんなことを試み、いろいろな失敗をくり返しながら生き延びることになるのだろう。このような考え方は、すでに紹介したエラスムスのヒューマニズムとほとんど同じです。

　動物たちと違って人間だけがもっている特性は、親の経験を子どもに伝えることができるという点です。

　鳥は生まれながらにして巣をつくる能力をもっていて、巣づくりを親から教わることはない。一方で、人間は家づくりはもちろん、言葉をはじめとしてすべてのことを、親や過去の世代の知識を吸収している先生たちから教わらなければならない。

誕生したばかりの赤ちゃんは何も知らない白紙のような状態だが、言葉のほか生きるために必要なことがらを親から教わる。親は生きるために必要なことがらをそのまた親の世代から受け継いだ。それをさかのぼってゆくと、今の私どもが知っていること、あるいはできることは、人類が生きるために行ってきた試行錯誤の結果、得られてきた知恵のお陰ということになる。

　人類が生き延びるためにいちばん頼りになるのは、人類に蓄積された遺伝子資源です。ほかの生物が生き延びてきた歴史を参考にすればよく分かります。個体差の多様性、すなわち遺伝子資源の多様性こそが、人類が地球環境の変化に適応して生き延びる際の鍵になるでしょう。

　将来の人類の危機を救うためには、現在の地球環境に適応して活躍している人材とは別のタイプの人材が必要だと考えられる。つまり今は目立たなくて埋もれている遺伝子が未来の人類の危機に役に立つのです。

　水族館でイワシの大群を見ると、どのイワシも同じに見え、そのため、1匹1匹のイワシが実はすべて違うことに気がつかないのですが、80億人から成るヒトの集団が一人一人はすべてが違うということは、兄弟姉妹がそれぞれ違うという日常の経験から理解できるでしょう。

　例えば、1頭1頭すべてが違うヤマイヌの集団、つまり多様な性質を含んでいるヤマイヌの集団を思い浮かべます。この集団の中で、足が速くて獲物を回収することに優れたヤマイヌだけを選択して育てることを何世代もかけてくり返していくと、元の集団とはまったく違った狩猟犬の集団ができます。人間の都合による選択で、狩猟に適した遺伝子が強調されたイヌの集団ができあがるのです。これは、多様な能力を秘めたヤマイヌの集団の中に足が速く獲物の回収に優れた遺伝子が存在したので、可能だったのです。

　人間の都合によって狩猟犬が生き延びているのは、人間が飼育するからです。人間の側の都合がなくなり、飼育しなくなれば、狩猟犬の集団はまた、自然の中で自ら生き延びねばなりません。人間の飼育から解放された

集団が、自然に合わせて運よく生き延びることができれば、長い時間をかけてまた、元のヤマイヌの集団のようになっていくでしょう。自然の中で生きている生物はすべて、変化する自然に合わせて生き延びねばならないのです。

　人間の好みによって、都合の良い個体差を選択すると、ヤマイヌの集団はとてもいびつな愛玩犬の集団にも変わり果てます。ひ弱な愛玩犬は飼育下では生き残れるが、自然条件下では生き残ることはできないですぐに絶滅するでしょう。

　そう考えると、豊富な遺伝子資源、あるいは多様な個体差ほど大切なものはありません。どんな未来が来るか分からないので、どんな遺伝子あるいは個体差が必要なのかも不明です。人類に蓄積された豊富な遺伝子資源を大切にしながら未来につなげていくことが大切です。

　また、今現在でも私ども個人の日常生活が、いろいろな人たちの活動のお陰で成り立っていることは明らかです。私ども自身の生存が、多様な個体差から成り立っている社会に依存しているのです。健全な社会とは、お互いの多様性を尊重する社会なのです。

　人類の将来に向けて、どういう遺伝子や個体差が重要であるかどうかは、現在の情報から判断することは決してできません。判断してはならない、と言っても良いのではないでしょうか。人類として生き残るという観点から見て、私どもに禁じられていることがありそうです。それは、人間がイヌを相手にして、愛玩犬や狩猟犬を育てたようなことは、人間を相手にしては絶対にやってはいけないのです。人類が抱えているすべての遺伝子、つまりすべての人が未来の人類を救う可能性を秘めているのです。ドイツで起きたユダヤ人迫害の悲劇は再びあってはいけないのです。

　遺伝子は本来、変わりやすいものです。変わりやすいからこそ、原始生命の単純な遺伝子から35億年の時を経て、現在のすべての生物の遺伝子へと進化しました。

　変わりやすい原因は、変異と減数分裂の際の染色体の交叉にあります。変異とは、遺伝子を構成するDNAが化学的に変化することで、さらに、遺伝子に変異がなくても遺伝子の組み合わせが変化すれば、多様性が生じ

ます。

　ヒトの場合、２万数千の遺伝子があるので、卵子の遺伝子群と精子の遺伝子群が無限大とも言える多様な遺伝子の組み合わせを生みます。家庭の子どもたち一人一人は、同じ両親から生まれたとしても、同じ組み合わせがまったくありません。誰もが無限大多数の一つとして誕生したのです。

　つまり、私ども一人一人がもっている遺伝子は卵子と精子のまったくの偶然的な出会いの結果です。兄弟姉妹と違うだけでなく、自分と同じ遺伝子をもつ人は世界中どこを捜しても、過去にも現在にも未来にも存在しません。

　一方で、変異と染色体の交叉は時として予想できないエラーを生じ、障害をもって生まれる人がいます。これは誰にでも起り得る偶然のエラーなので、自分が健康に生まれたことも偶然な幸運なのです。自分の兄弟姉妹が障害をもって生まれると、それは自分にも起こり得たことだと思わずにはいられないからこそ、そうした兄弟姉妹に対しできるかぎりの愛情と配慮をそそぐ人が多くいます。

　偶然に障害をもって生まれた人たちへの福祉を家族に頼るのでなく、偶然に健康に生まれた人たちがつくる社会（国）が責任をもって行わなければならないという発想は、生物学からも生まれます。

　遺伝子の多様性は、オスの遺伝子とメスの遺伝子が合体する有性生殖がもたらします。35億年の生命進化の歴史の中で、有性生殖は無性生殖から進化しました。細菌の無性生殖では、細胞分裂によって増殖し、短時間のうちに数を増やすことはできますが、遺伝子の多様性を豊かにすることはできません。

　変化する地球環境の中で生き抜いてゆくためには、有性生殖が有利であり、ヒトを含めてすべての動植物は有性生殖で増殖しています。この有性生殖の仕組みが進化を遂げて完成するには、並行してオスとメスが効率的に合体する仕組みも進化しなければ片手落ちというものです。

　昆虫の世界では、メスが分泌する性誘引物質によってオスがメスに近づくことができます。同じ種族の昆虫だけに通用する性誘引物質ときわめて超微量の誘引物質を感知する嗅覚神経系の精密さは驚くばかりです。

それぞれの動植物はそれぞれにオスとメスが近づく仕組みを進化させて
きて、ヒトも例外ではありません。ヒトの場合、心にも体にも多種多様に
仕組まれているのではないでしょうか。

　この仕組みの作動には微妙な点があります。古今和歌集に「我を思ふ人
を思はぬむくいにや我が思ふ人の我をおもはぬ」という読み人知らずの和
歌にあるように、人の場合は相性というものがあって、男と女が出会っ
て、簡単にペアーができあがるというわけではないのです。

　思う人どうしが出会うとこの仕組みが爆発して男と女両人に大きな快楽
が生まれ、二人が独身の場合は、両人は末長く幸福になります。二人のう
ち片方がすでに配偶者をもっている場合は複雑です。人としてのルールに
反していることは充分に承知しながらも、この仕組みがあまりに巧妙で強
力なので、理性では抑えられないで、この仕組みが爆発してしまう場合が
多いのです。

　この仕組みは、人類生存の根幹にかかわる仕組みなので、これを受け入
れた上で、社会が成り立っていかねばならないと思われます。姦淫をした
女に石を投げつけて罰する場面に出くわしたキリストが、「あなたたちの
中で罪を犯したことのない者が、まず石を投げなさい」と言うと、年長者
から始まって一人また一人と立ち去ってしまい、キリストは女に「わたし
もあなたにさばきを下さない。行きなさい。これからは、決して罪を犯し
てはなりません」と論したという聖書の中の話は、まさに社会の実態なの
です。

　私ども人間は、「性」という爆弾を抱え、この爆弾が爆発することで、
大きな喜びに恵まれ、人生で最大の幸福がもたらされる一方で、爆発によ
って人に迷惑をかけ、自らも一生心に闇を抱えることになり、人生を棒に
振ることになる場合もあります。

　『源氏物語』に話を戻すと、物語のなかで「性」という爆弾が危険な爆
発を起こしてしまったのは、源氏と藤壺、源氏と朧月夜、柏木と女三宮、
匂宮と浮舟、薫と中君です。

　源氏と藤壺、源氏と朧月夜、匂宮と浮舟の場合は、それぞれ相思相愛
で、人生で最大の幸福感を経験したに違いないが、それは瞬間的な喜びで

した。柏木と女三宮の場合は、柏木の一方的な面があり、女三宮が喜びを得るには至らず、薫と中君の場合は、薫にとっての中君は大君の代替役であり、中君は夫の匂宮が本妻から離れられない間の不満のはけ口だったので、一晩をともにしたとはいえ爆発とは言えない不完全な燃焼に終わりました。

6　おわりに

　1941年12月8日、日本は開戦に踏み切った。300万人もの死者が出て、1945年に終戦を迎えた。私は1940年に生まれたので、敗戦後の食糧難の記憶は84歳の今でも鮮明に覚えている。

　「源氏が帝になったら世が乱れ、民が苦しむかもしれない」という言葉を、開戦前数か月に開戦を決めた閣議のメンバーに向けて発したい。さらに、当時の新聞、ラジオをはじめ一般の人もほとんどが、この開戦を前向きに好戦的に受け取っていた。となれば、指導者だけでなく一般市民も反省しなければならない。

　このように狂気が支配してしまった世の中にあって、「何かがおかしい」と考えることができる少数の人は、沈黙するしかなかった。何かを発言すれば、一般市民が協力する当局の密告網によって逮捕されただろうから。

　「何かがおかしい」世の中の風潮は、強権が支配した開戦前夜だけではなく、平和な現代にも起こる。

　米国が「フセイン憎し」でイラクに侵攻した際、日本の新聞、テレビのほとんどはこれに同調し、一般市民も同様であった。私はその時、偶然にもパリに滞在していて、この事件に批判的な意見をいくつも読んだので、パリ市民の成熟度について考えさせられたのであった。

　朝刊で英国の首相が国会でついた嘘に対して与党議員からも批判されて辞任した記事を読んだ日の午後、安倍元首相が射殺される事件が起こった。安倍元首相の嘘は自民党議員に守られ、官僚に守られ、国民からも見過ごされて、辞任に至ることはなかったのだ。議員と官僚だけでなく、日

本国民の政治的成熟度の低さを残念に思った。

　一方、フランス陸軍省のユダヤ人軍人がスパイ容疑をかけられたドレフェス事件では、同じ陸軍省の反ユダヤ主義者のエリート軍人の提出した紙屑が証拠となって、ドレフェスは冤罪を免れた。真実を優先させた勇気あるエリート軍人は、はじめこの証拠を上司に提出したが、無視され左遷されたために、証拠を世間に公表したのだった。

　この本を執筆している真っ最中には、ジャニーズ性加害事件が起きた。芸能界の権力者が数百人もの10代の少年たちを数十年にわたって、自らの性欲の対象としてもてあそんだにもかかわらず、それを知っている新聞やテレビが沈黙して社会的な問題になってこなかったのである。

　加害者は自らの不法で不純な性欲を満たしてきた。被害者は加害者によってテレビなどの仕事を得た場合もあり、テレビは加害者からタレントを紹介され、企業は宣伝効果のあるタレントを確保でき、新聞社はニュース源を絞れないために沈黙し、それぞれが何らかの利益を確保できる超巨大な利益共同体が形成された。加害者によってプライドを傷つけられ、許せない不愉快な思いをさせられた被害者がいて、中には精神的な障害が残ることもあったであろう。しかし、このような被害者は超巨大な利益共同体に比べれば微々たる存在なので、社会の中で問題とされないまま放置されてしまう。

　物事の本質は、被害者の立場に立たなければ見えないものである。巨大な利益共同体を構成する人々の誰もが、うすうすは「何かがおかしい」と気がついていたはずだ。被害者の傷ついた気持ちは、利益共同体の人々の心に届いていたはずである。

　日本でもその程度のヒューマニズム教育は、家庭でも学校でもあるいは職場でも成されているものと信じたい。しかし残念ながら、目先の利益が優先されて、知らないふりをしてしまうのである。

　ヒューマニズムに反した企業活動は、自然が要請する活動ではない。人類が自然の中で生き残ってゆくための立ち居振る舞いとは言えない、ということだ。短期的には大きな利益が得られるだろうが、長期的に見ればそんな企業自体が生き残れるわけがない。このような状況が外国で報道されてもう逃げられないとなると、世間の変わり身は早かった。

日本の社会的な土壌ではこのような事件が起こりやすい、ということをつくづく思い知らされる。なにせ、ヒューマニズムに反する源氏の非行が、1000年にもわたって見過ごされ、逆に源氏の方が物語の主人公として、もてはやされてきた国だからである。

　権力者の源氏が、夕顔を闇から闇に葬り、少女の紫の上を誘拐し、若い玉鬘を実の父親には知らせずに養女として、自分の邸に住まわせて言い寄る、などという許しがたい愚行の数々は、そっくりジャニーズ性加害事件と重なりはしないか。紫式部の痛切なヒューマニズムの叫びが、1000年にもわたって日本社会には届いていなかったのである。

　紫式部は1000年も前に、朝廷貴族社会は「何かがおかしい」と痛切に感じ取っていた。

　「女ほど、身持ちが窮屈で、かわいそうなものはない。感ずべきこと、面白いことも、わからないふうにして……そういうことは、大方に何もわからず、お話しにならないつまらないものとなっているのも、手しおにかけて育ててくれた親も、残念に思うはずのものではないか……悪いことよいことをちゃんとわかりながらくすぶっているのも、お話にならないことだ。自分ながら、立派にどうして身を持ち続けることができようか」（夕霧959）。

　これは、紫の上が社会に対して叫んだ女性の立場からの根源的な批判であろう。

　女性の立場だけからではない。朝廷社会の仕組みそのものの理不尽な不平等についても、源氏に言わせている。

　「つまらない親に賢い子がぬきんでるという話は、いっこうに聞かないことでございますし、まして代々伝わって悪くなってゆく将来の子孫がははなはだ気がかりです……身分の高い家に生まれたものが、官職位階思いのままで、世の栄華におごる癖がついてしまうと、学問などで苦労したりすることは、必要ないという感じをもつようです……思いのままの官職にすわり位が上ると、時勢に従う世間は、かげではばかにしながらも、うわべはへつらい機嫌をとってついてくる……時勢が変わり、力と頼む人にさきだ

たれて、勢力が衰える晩年になると、人に軽蔑されて、頼るところがない」（乙女85）。

さらには、「世が乱れ民が苦しむ」行動をくり返し、人々に迷惑をかけている源氏に、紫の上の死という現実を突きつけ、源氏に出家を決心させる作者は、娑婆での最後の日、「長命を祈願するのも、仏がどう聞くかと思うと、源氏は耳が痛い。雪がたいそう降って、すっかり積もってしまっている」（乙女529）と、積もった雪の中へ源氏を放り投げ、『源氏物語』から姿を消させた。

仏の道で源氏が自らの心に向かうことが、自分の一生の決算であり、自殺するか仏の声を聞くかのどちらかであるのに、作者はそこに至っても自分の長命を祈願するような軽く情けない源氏を描いた。藤壺、紫の上、朧月夜の仏との付き合い方には、源氏のようなこんな軽さはみじんも感じられない。彼女らを仏に向かわせたのは、その原因が源氏にあるのにもかかわらず、源氏自身の軽薄さは実に対照的である。

我が子を守るための方便の出家であることを自覚している藤壺は「生きてゆくのがつらくなって世を捨てはしましたが、いつになれば本当にこの世を捨てることができるのでしょう。子どものことでは迷い続けるでしょう」といつわりの出家を吐露した。

朧月夜は出家した際、源氏からの「第一に自分のために祈ってください」と自分勝手な便りに対し、「一切衆生の幸せを願って祈るのだから、あなたも入ります」とつれない返事をした。

出家を望んでも源氏が許さなかった紫の上は、胸に納めきれない悩みを抱えて、日頃から仏に向かって話しかけている。「つたないわたしには過ぎたこととよそ目には思われましょうが、胸に納めきれない悩みばかり付いてまわるのは、それがわたしの自らの祈りだったのです」。

そして、朝廷貴族社会の申し子である匂宮と薫にもてあそばれ、投身自殺した浮舟は、自殺を決意した日から仏に育まれ、自殺決行後も横川の僧都に助けられて出家に導かれ、心の平和を得るのである。

『源氏物語』は救いの物語である。ヒューマニズムの物語である。

紫式部は、「何かがおかしい」という平安朝廷貴族社会の犠牲者を仏を使って意識的に助けている。私ども日本人は1000年もの間『源氏物語』のこの本質を理解してこなかったのではないか。通俗的にこの物語を読み、多くの源氏ファンを生み出してきたのである。

　紫式部が隠した『源氏物語』の本質を理解して、1000年の昔にこんな立派なヒューマニストである偉大な人がいたということを、民族の誇りとして共有できれば、日本人は少しでも成熟した国民に成長できるのではなかろうか。フランス革命、宗教改革、米国の独立宣言という歴史がなくとも、紫式部の「源氏物語」があるではないか。

謝辞

　キリスト教徒が神とキリストを拝み、仏教徒が仏を敬うように、私は自然の神秘にただただ頭がさがる。

　『源氏物語』では、してはいけないと知っていながらやってしまった登場人物が「そら」に恐れをいだいている。藤壺と秘密をもった源氏は「そらに対しても恐ろしうございます」（須磨302）と言い、女三宮と密通した柏木は「そらに目がついているような気がした」（若菜下1798）と恐れ、薫を夫にもちながら匂宮を恋してしまった浮舟は「そらまでが自分を見ているようで気になり怖くて」（浮舟60）と震えている。「そら」という自然にはそのような力がある。

　小学生の頃の私は、千葉県の鋸山の麓にある保田で過ごし、家で勉強した記憶がないほど、1年中海と野山で遊びまくった。自然は遊びの場を提供してくれた。季節ごとに変化する海や野山の産物があり、それらを獲得する手段を考えねばならなかった。

　法学や経済学など、人間社会の学問には興味をもてず、自然科学の法則性や人間がまだ知りえない自然の奥深さに自然と興味が向いた。気がつくと、生物学分野に身を置いていた。熱湯の中から枯草菌という細菌が蘇ってくる学生時代の実験に影響されてか、微生物学の分野に進んでいた。

　研究分野で世界を相手にして勝負するほど自分は優れていないと自覚し、何よりも家が貧しかったので、大学院には進まず就職した。微生物を利用して、アミノ酸や調味料となる核酸を生産する会社であった。入社後すぐに、世界を相手にオリジナルな優位性がなければ、これらの物質の工業生産は成り立たないことが分かった。自然は、私を研究分野にまで導いてくれたのだった。

　分子生物学が生物学を一変させた。日本は10年以上も遅れていた。人の体内で大切な役目を果たしている成長ホルモンなど、微量タンパク質の大量生産が可能になり、欧米のベンチャー企業が既に知られているこれら生理活性タンパク質の製造特許を握っていた。

未知の生理活性タンパク質を発見すれば、この分野に参入できると考えた。そして、赤芽球分化誘導物質（EDF）と名づけた新しい生理活性タンパク質を発見した。米国の二つの研究室がほぼ同時期に，アクチビンと名づけた同じタンパク質を発見したが、米国の特許は１週間だけ私どもが早かった。

　医学者たちにも応援してもらい、この物質の応用研究を進めた。残念ながら研究試薬としては有用であっても、医薬とする道は開けなかった。国内と米国の研究者の希望に応じてサンプルを提供し、研究の進歩には役立つことができた。

　自然は、アクチビン／EDFという、その神秘の一端を私どもに覗かせてくれた。その一端から見える世界は、さらに奥深く広がる新たな神秘であった。自然は、「知れば知るほど謎は深まる」のであった。

　会社生活を終えてから５年間、信州伊那にある大学で仕事をする機会に恵まれた。農学部は演習林と牧場をもって森の中のように緑に恵まれていた。大学構内に点在する宿舎では、ツグミ、カッコー、カケスの鳴き声が聞こえ、宿舎の庭には、カケス、メジロ、ヤマガラ、キツツキなどが訪れ、まるで高原の別荘に住んでいるようであった（巻末「カケス物語」参照）。信州の自然は実に美しかった。夜間にカラマツに積もった雪が、朝日を浴びてパラパラ落ちてきた。山菜の春は新緑が美しく、紅葉の秋には雑木林の木漏れ日が暖かだった。

　退職後、保田の海の記憶が身体に沁みついていたのか、海が恋しくて、江の島から葉山にかけた湘南の海をハンザ艇で帆走した。自然の懐に包まれているようで、死んだら灰を海にまいてもらおうと決めた。

　70歳で仕事を退いてから著作作業に取り組んだ。米国の中学生向け教科書『生物・生命科学大図鑑』を西村書店から翻訳出版した際に、編集者の飯野美奈子さんにお世話になった。950頁もの大著であったが、理系の研究者が書いたぎこちない翻訳文章を中学生が読める文章に磨き上げて下さった。この本は現在、全国でただ１校、横浜の聖光学院で多城淳先生、畠

山正恒先生、大倉崇先生の指導によって教材として使っていただいている。飯野さんに謝辞を述べる機会がなかったので、この場を借りさせていただいた。

　人生の最終場面で自然は私をとても厳しく試している。妻の晴子が脳内出血に見舞われ、ほとんどすべての家事が私の役目となった。人間という生命体の神秘を見せつけられ、自然から授かった、あるいは預かっている一つの命を守って、介護の人々の助けを得ながら、二人して細々と生きてゆく貴重さを教えられている。今や自然の源に帰る心の準備も、自然が促しているようである。

　この本を書けたのも自然のお陰であった。大自然に隠れて人類が知らない法則なり宝物を見つけて人々の役に立たせるのが私ども研究者の仕事であった。ペニシリンを発見したフレミングや、ビールの製造を腐敗から守ったパスツールは尊敬する先人である。自然に隠れた真理を探り当てる研究をやってきた私には、『源氏物語』が何かを隠していることに気がつくのも早かった。『源氏物語』に取り組むことは自然に取り組むことと似ている点が多く、隠れた宝物を探り当てた喜びも同じように大きかった。自然に感謝である。

　いくら注意深く書く文章であっても、独りよがりで人には分かりづらいことが多く、自分では気がつかない誤字脱字も少なからずあるので、自分で行う推敲に加えて、ピッコラクラブの加藤玲子さん、家族の井上彰子、永塚あかねにお世話になった。

　家事の合間にこの仕事が完成できるかどうか、自分の知力がもつかどうか不安であった。介護の日常からゴルフにつれ出してくれた井上芳久さん、料理の秘訣を教えてくれた永塚潤さんには深く感謝する。編集の労をとって頂いた信濃毎日新聞社出版部に深甚な感謝を申し上げる。今までにも拙著『紫式部考─雲隠の深い意味─』『生物学はいかに創られたか』が世に出るお手伝いを賜った。

2024年1月　　　　　　　　　　　　　　　　　　　　　柴井博四郎

カケス物語

柴井 晴子

カケスの夫婦、カケ吉とカン子は中央アルプスの麓、信州大学農学部の演習林を縄張りにしています。ある朝、いつものように餌を求めて飛んでいると、点々と並んで建っている教職員用宿舎の一軒

の庭先に何かいつもと違ったものを見つけました。

「あれ、何かしら」

目敏いカン子が言いました。二羽は早速近づいてみました。すると桑の木に餌台みたいのが取り付けられていて何かのっかっています。

「ねえ、ねえ、食べてみない」

お腹の空いたカン子はカケ吉をけしかけました。

二羽はひとつを口にしてみました。

「これはいける！」

二羽はありったけを口につめ込み、いつもの隠し場所に幾度も運びました。全部をたいらげてから、二羽は満足気に塒（ねぐら）へ飛んで帰って行きました。

家の中からそっと様子をうかがっていたハル子小母さんはとてもうれしそう。

「今日来た鳥は青と黒のストライプの羽をしていてとっても奇麗、でも何という鳥かしら」

都会から移り住んだハル子小母さんに
は初めてお目に掛った鳥でした。青い鳥
だったのです。

　ハル子小母さんをあんなに喜ばせたカ
ケス、実はカラスの仲間なんです。カラ
スの中では一番小さい種類なのですが、
とても美しい青い羽を持っているので
す。その青と黒のストライプの羽をまる
で見せびらかすように広げて飛んでいる
様子はほれぼれします。

　その美しい姿に反比例して鳴き声は「ジャージャー」と、何とも
やかましい限りです。「天は二物を与えず」とはよく言ったものです。
声に関してはやっぱりカラス科なんですね。

　ハル子小母さんは、この南箕輪村と茅ケ崎を行ったり来たりして
いますから、茅ケ崎から戻って来たばかりの時は「カケスたちまた
家の庭に来てくれるかしら…」と心配しますが、あの「ジャージャー」
という鳴き声を耳にすると「あらやっぱり来てくれたわ」と安心す
るのです。

　ハル子小母さんが準備してくれ
る餌は、メリケン粉に砂糖を加え、
使用済みの食用油で丸めたものなん
です。それをのど袋にたくさん
つめ込んで持っていくのです。

著者略歴

柴井 博四郎　Shibai Hiroshiro

1940年東京都生まれ。
1963年東京大学農学部農芸化学科卒業後、味の素株式会社中央研究所入社。
93年同社基礎研究所所長、97年同社理事、99年信州大学農学部教授を経て、
2005年中部大学応用生物学部教授、2010年退職。
現在は「ピッコラクラブ」でヨット活動をしている。
神奈川県茅ケ崎市在住。

著書
『ニューバイオテクノロジー入門（共著）』（2002）『紫式部考－雲隠の深い
意味－』（2016）『生物学はいかに創られたか』（2018）『生物・生命科学
大図鑑』（2019）

装幀　庄村友里
編集　山崎紀子　村澤由佳

源氏物語はいかに創られたか
─伏流する紫式部のヒューマニズムを読み解く─

2024年4月29日　初版発行

発　行　柴井博四郎
制　作　信濃毎日新聞社
　　　　〒380-8546　長野市南県町657
印刷所　信毎書籍印刷株式会社

© Hiroshiro Shibai 2024 Printed in Japan
ISBN978-4-7840-8850-8
落丁・乱丁本はお取り替えいたします。